LES SŒURS CHARBREY - 1

Sans orgueil ni préjugé

Du même auteur
aux Éditions J'ai lu

REBECCA KEAN

1. Traquée

2. Pacte de sang

3. Potion macabre

4. Ancestral

Cassandra O'Donnell

LES SŒURS CHARBREY - 1

Sans orgueil ni préjugé

J'AI LU

Chapitre 1

Le soleil se couchait dans un ciel de printemps bleu clair strié de jolis nuages blancs. Les derniers rayons tombaient sur la gigantesque pelouse, la baignant d'une lumière pâle et rousse.

— Tu es sûre de ce que tu fais, ma chérie ?

Morgana releva son joli minois couvert de poussière, repoussa la longue mèche couleur de jais qui s'était échappée de son chignon et planta son regard dans celui de l'homme qui la dévisageait. Des rides marquaient son visage, et son front dégarni légèrement plissé montrait qu'il était indéniablement soucieux.

— Oui, mon oncle. Cessez donc de vous inquiéter, les miroirs sont parfaitement positionnés et tout est prêt. La nuit nous appartient ! Ça va être follement excitant, ne croyez-vous pas ? s'exclama-t-elle d'un ton enthousiaste, les yeux rivés sur le télescope de deux mètres de haut qu'elle venait récemment de mettre au point.

Le comte Charbrey leva les yeux au ciel. Entamer une discussion sérieuse avec sa nièce alors qu'elle travaillait à l'une de ses fichues inventions se révélait toujours très délicat. Il avait bien tenté d'attendre une occasion plus propice mais malheureusement elle ne s'était pas présentée et il lui avait fallu se résoudre à aller la rejoindre dans le jardin situé près de l'atelier, où elle avait l'habitude de travailler.

— Morgana, je ne parlais pas de ton invention mais de ta sœur et de ton idée de lui trouver un mari !

La jeune fille haussa les sourcils d'un air surpris.

— Ne me dites pas que vous n'êtes pas de mon avis ?

Lord Charbrey tapota nerveusement son ventre bedonnant d'un air embarrassé.

— Si... si... cependant tu connais Rosalie... Es-tu certaine qu'elle soit prête à entrer dans le monde ?

— Elle a dix-huit ans, mon oncle ! Et devenir une débutante, porter de ravissantes toilettes et être courtisée par des jeunes gens bien élevés n'a rien d'un supplice, il me semble ! rétorqua-t-elle d'un ton léger avant de plonger son œil dans la lunette du télescope.

— Ça peut le devenir. Les salons de Londres sont des arènes, Morgana, des arènes meurtrières où le cœur d'une jeune fille est parfois malmené...

— Rosalie est une Charbrey, elle est maligne et forte et, de toute façon, il est inutile de vous inquiéter puisque j'ai la ferme intention de la protéger et de rester toute la saison à ses côtés, assura-t-elle distraitement tandis qu'elle effectuait un nouveau réglage.

Le comte haussa les sourcils, surpris.

— Comment ? Ne me dis pas que tu comptes accompagner ta sœur à Londres ?

Mais la jeune fille ne l'écoutait pas. Ses yeux étaient rivés sur sa machine, qu'elle fixait d'un air concentré.

— Je me demande si je ne me suis pas trompée dans mes chiffres, fit-elle en réfléchissant à voix haute, si je...

— Morgana !

La jeune fille interrompit un instant ses calculs pour se reconnecter à la réalité.

— Pardon, mon oncle, vous disiez ?

Lord Charbrey soupira.

— Morgana, cela fait plusieurs années que nous disons à qui veut l'entendre que tu souffres d'une maladie chronique qui t'empêche de paraître en société, tu imagines le scandale que cela créerait si quelqu'un découvrait que c'est un mensonge ?

— Il n'y a aucune raison pour que quiconque découvre la vérité. Nous vivons en reclus depuis si longtemps que tout le monde aura oublié mon existence… et, si ce n'est pas le cas, vous pourrez toujours prétendre que mon état de santé s'est soudainement amélioré…

— Mais tu as toujours refusé de recevoir ou d'assister à la moindre soirée !

Là, il n'avait pas totalement tort, songea-t-elle amusée. Recevoir des inconnus, leur faire des simagrées, être constamment interrompue dans ses recherches par la visite impromptue des uns ou des autres, bref, vivre la vie sociale d'une jeune aristocrate lui semblait parfaitement impossible.

— Eh bien je ferais une exception pour le bonheur de ma sœur. Je ne vais pas la laisser affronter cette épreuve seule, je veux qu'elle ait une épaule sur laquelle s'appuyer et une personne sensée qui puisse la conseiller et la chaperonner.

Le comte eut instinctivement envie de protester. Morgana ?! Avec ses cheveux d'ébène, sa peau laiteuse, ses yeux en amande d'un vert étincelant et sa silhouette voluptueuse ? Un chaperon ?

— C'est très généreux de ta part, Morgana, mais je préfère te dire tout de suite que tu vas devoir oublier cette histoire de chaperon.

Elle haussa les sourcils.

— Et pour quelle raison ?

— Mais parce que tu es magnifique, célibataire, d'excellente famille et qu'à vingt-trois ans tu es encore considérée comme une jeune fille à marier.

— À marier ? Moi ? Avec cette fable que vous et ma tante avez inventée à mon sujet ? Enfin mon oncle, quel homme s'intéresserait à une vieille fille de vingt-trois ans prétendument malade ?

Le comte soupira. En réalité Morgana ne lui avait guère laissé le choix. Cette petite obstinée avait toujours prétendu ne pas être faite pour la servitude du mariage et ses obligations. Devenir l'esclave d'un homme, lui octroyer le droit de gérer son argent ou de diriger sa vie sous prétexte qu'il était son mari lui paraissait une idée révoltante. Le comte avait bien essayé de la convaincre des plaisirs de la danse, de la conversation et de toutes ces choses qu'un amour sincère et véritable entre homme et femme pouvait apporter, mais en pure perte. Rien ne l'avait fait changer d'avis. Et il lui avait donc fallu trouver un subterfuge pour qu'un tel refus de se plier aux convenances ne ternisse gravement sa réputation.

— Morgana, tu ne veux pas te marier et je respecte ta décision, mais alors pourquoi dénier ce même droit à ta sœur ?

La jeune fille s'essuya le front pensivement. Non, elle n'avait pas l'intention d'imposer quoi que ce soit à Rosalie ni de la priver arbitrairement de sa liberté mais elle voulait que la jeune fille puisse prendre une telle décision en connaissance de cause. Vivre recluse sur ses terres comme Morgana le faisait depuis plusieurs années était un choix réfléchi de sa part, et son amour pour les sciences, la gestion du domaine et l'éducation de ses jeunes sœurs remplissaient suffisamment sa vie sans qu'elle ressente le besoin de s'encombrer d'un mari. Mais elle doutait qu'une telle existence puisse combler la douce, romantique et passionnée Rosalie.

— Rosy est très différente de la femme que je suis... Je ne veux pas qu'elle finisse par périr d'ennui ni qu'elle nous reproche un jour la vie que nous lui faisons mener, expliqua-t-elle.

Son oncle la dévisagea d'un air inquiet.

— Tu penses que nous ne lui suffisons plus ?

— Je pense qu'elle a droit aux avantages que lui offrent son titre, sa beauté et son excellente éducation, déclara-t-elle d'un ton convaincu.

Le vieil homme poussa un soupir à fendre l'âme.

— Oui, oui... tu as raison bien entendu, c'est juste que... Mais pourquoi diable faut-il que les enfants soient si pressés de grandir ? souffla-t-il d'un ton triste.

Morgana pressa doucement sa main dans la sienne.

— Je partage vos inquiétudes mon oncle mais ne vous tracassez pas. Je vous promets que, si elle accepte d'aller à Londres, nous lui trouverons le meilleur et le plus docile des époux.

Il haussa les sourcils.

— Docile ? Pourquoi docile ?

— Eh bien, vous savez qu'il y a dans cette maison et dans nos manières une liberté de ton et d'esprit trop peu conventionnels pour plaire à n'importe qui. Il nous faut donc choisir un époux à Rosalie qui n'ait pas des idées étriquées ou trop rigides. De même, il ne doit pas aimer faire preuve de trop d'autorité, être relativement influençable et ne pas être un fils aîné.

— Pourquoi cela ?

— Mais parce que les fils aînés ont des responsabilités, des domaines à diriger et que j'ai déjà choisi la résidence où Rosalie et son futur mari vont s'installer.

— Morgana...

Elle écarquilla les yeux d'un air faussement innocent.

— Que trouvez-vous de mal à cela ? Nous sommes riches mon oncle, offrir en dot une demeure à ma sœur n'a rien d'extravagant...

— Certes cependant...

— ... et Blackfield Park est une propriété si ravissante, vous ne trouvez pas ?

L'endroit dont parlait Morgana était une résidence cossue, aux jardins luxuriants et au charme insolite, située à moins de cinq lieues du domaine Charbrey.

— Blackfield Park ?

— Le prix est raisonnable, le domaine, très bien entretenu, et j'ai déjà demandé à notre homme de loi de s'en porter acquéreur.

Le comte croisa les bras et demanda avec un sourire narquois :

— Et que feras-tu si cet arrangement ou la maison ne conviennent pas à Rosalie ?

Impossible, songea-t-elle avec un pincement au cœur, sa sœur avait toujours beaucoup admiré cet endroit et Morgana ne pouvait pas imaginer une seule seconde que Rosalie puisse désirer vivre loin des siens et de Charbrey.

— Dans ce cas, nous la revendrons avec un bénéfice, affirma-t-elle comme si c'était une évidence.

Lord Charbrey ne put s'empêcher de sourire. Depuis deux ans, Morgana gérait une bonne partie des affaires familiales et, grâce aux placements judicieux qu'elle avait faits dans les usines, la Compagnie des Indes et l'achat des brevets, la fortune des Charbrey avait considérablement augmenté.

— Pourquoi ai-je la désagréable sensation que tu as un bien meilleur sens des affaires que moi ?

— Mais parce que c'est le cas, rétorqua-t-elle non sans humour.

Un sourire illumina le visage du vieux lord.

— Tu n'es qu'une jeune impertinente, j'aurais dû mieux t'apprendre le respect.

— La tâche aurait été ardue, même pour vous, mon oncle, dit-elle en riant avant de l'embrasser affectueusement sur la joue puis de reporter de nouveau son attention sur son télescope.

Le comte l'observa triturer l'appareil, amusé, puis, réalisant que la nuit était en train de tomber, il crut bon de la ramener de nouveau à la réalité.

— Morgana, n'oublie pas que tu ne dois pas rentrer trop tard ce soir.

— Hum…

— Morgana ? Morgana ?

Elle sursauta puis se tourna vers son oncle, visiblement contrariée :

— Oui ?

— Tu as promis à Mme Wilks d'être à l'heure pour dîner.

— J'ai dit cela moi ?

— Absolument.

Elle soupira.

— Oh ce que cette gouvernante peut être pénible parfois !

— C'est aussi ce qu'elle dit à ton sujet, lui fit remarquer en souriant lord Charbrey. Elle demande également que tu te présentes au dîner non armée.

Morgana fronça les sourcils.

Les femmes de chambre, tout comme la gouvernante, n'ignoraient pas que leur jeune maîtresse portait en permanence un couteau coincé dans un étui fixé autour de sa cheville depuis qu'elle avait vu, enfant, la fille d'un métayer se faire molester. Morgana avait été tellement marquée de n'avoir eu ni l'âge ni la force de secourir la malheureuse qu'elle ne le quittait pratiquement jamais.

— Je ne vois pas en quoi cela concerne Mme Wilks.

— Elle prétend que c'est une question de bienséance et que tu montres un exemple déplorable à tes sœurs lorsque tu utilises ton propre poignard pour découper ta viande à table.

— Si elle n'était pas si dure, je me servirais d'un couteau ordinaire, répondit Morgana avec une parfaite mauvaise foi.

Le comte éclata de rire puis glissa son bras sous celui de la jeune fille.

— Allez, viens, la nuit descend. Il est grand temps de rentrer si tu veux tenir ta promesse.

Le regard de Morgana se posa sur le télescope. Elle travaillait à sa conception depuis plus de trois ans et elle venait enfin de le terminer. Inutile de dire qu'elle mourrait d'envie d'envoyer tout le monde au diable y compris la gouvernante et son fichu dîner. Mais elle n'avait qu'une parole et n'était pas femme à se parjurer.

— C'est entendu, mon oncle, allons voir le vieux dragon, soupira-t-elle finalement.

Il secoua la tête gentiment puis dit en lui tapotant la main, tandis qu'ils avançaient vers le somptueux manoir de Charbrey, l'un des plus majestueux bâtiments de la région :

— Ne t'inquiète pas, ma chérie, d'ici deux heures Mme Wilks sera satisfaite et toi, tu pourras passer encore une autre nuit à travailler sans que ce... – comment dis-tu déjà ? Ah oui – « vieux dragon » vienne te déranger.

Chapitre 2

Le vestibule du manoir Charbrey était d'une opulence et d'un manque de sobriété peu britanniques. Des tapis jonchaient le sol, des draperies tombaient des murs et le large escalier qui menait aux étages avait une rampe et une balustrade dorées de style français. Certains y auraient vu un manque de patriotisme, les Charbrey, eux, auraient simplement répondu que l'aménagement du manoir datait d'une période fort ancienne et nettement antérieure à l'arrivée au pouvoir du petit Corse et de ses goûts affreusement ostentatoires en matière de décoration.

— Lady Morgana, vous ne devriez pas rester dehors aussi tard, vêtue comme vous êtes, vous allez finir par attraper la mort ! la réprimanda la gouvernante en se précipitant vers elle.

Mme Wilks était une femme entre deux âges. Joliment faite, les hanches rondes et la figure souvent bouffie, elle ressemblait bien plus à une paysanne qu'à une gouvernante de grande maison et, si son allure laissait à désirer, ses yeux finauds et son travail impeccable ne laissaient guère de doutes sur les raisons qui avaient poussé le comte à l'engager.

— Quelle expression profondément affligeante : on n'« attrape » pas la mort madame Wilks, c'est elle qui vous attrape dès qu'on n'a plus la force de lui échapper, la taquina lord Charbrey tandis que son majordome l'aidait à retirer sa redingote.

Morgana adressa un sourire amusé à son oncle puis reporta son attention sur la gouvernante, qui observait la robe sale et les mains noires de la jeune femme d'un air blasé.

— Où sont mes sœurs ?

— Miss Daphné et miss Mary sont dans la nursery et miss Rosalie est en train de lire dans sa chambre. Dois-je les faire appeler, milady ?

Depuis le décès tragique du comte et de la comtesse de Charbrey sept ans plus tôt, Morgana dirigeait la maisonnée et avait pris en main l'éducation de ses trois jeunes sœurs. Personne, à l'époque, pas même son oncle, le frère cadet de son père, son tuteur et le nouveau comte de Charbrey, n'était parvenu à la dissuader d'endosser à seize ans une si lourde responsabilité.

— Non, madame Wilks, mais assurez-vous qu'elles soient prêtes pour le dîner.

— Oui, milady.

— Vous voyez, il n'est pas encore dix-huit heures, je serai donc à l'heure à table, comme je vous l'ai promis, madame Wilks, ne put s'empêcher de lui faire remarquer Morgana.

— Merci beaucoup, milady. Je n'osais imaginer la réaction de la Française que vos parents ont eu l'idée saugrenue d'engager comme cuisinière si vous lui aviez gâché l'inauguration de son tout nouveau soufflet !

Mme Delome était sans conteste le plus grand cordon-bleu de toute la région et aussi le plus susceptible. Ses colères étaient épiques et rythmaient allègrement depuis vingt ans aussi bien la vie des domestiques que celle de l'originale famille Charbrey, qu'elles distrayaient follement.

— Un tout nouveau soufflet ? À quoi est-il ? demanda Morgana d'un ton curieux.

— Je ne peux pas vous le dire, c'est un secret. Si je gâche la surprise, la Française me tuera, soupira la gouvernante.

Morgana se mordit les lèvres pour ne pas sourire. La gouvernante et la cuisinière étaient comme chien et chat depuis toujours mais il ne fallait pas être très malin pour déceler à travers leurs chamailleries et leurs piques acerbes la solide amitié qui les liait.

— Ne me dites pas que vous craignez Mme Delome, madame Wilks ?

— Je crains tous ceux qui préparent la nourriture milady. Je suis de la vieille école. Vous vous souvenez de Charles, le valet de pied du baron Bowerfield ?

— Oui ?

— On prétend que la cuisinière du baron et lui se sont disputés. Le lendemain, il s'est brisé la nuque en nettoyant les lustres. Certains affirment qu'il a été empoisonné.

— Je croyais que c'était un accident et qu'il avait glissé ?

— Non. C'était cette maudite cuisinière, elle l'a drogué avec des champignons.

— Alors vous avez grandement raison de vous méfier, répondit Morgana en se pinçant les lèvres pour ne pas rire.

— C'est exactement ce que je crois, approuva la gouvernante avant de s'éloigner en direction des cuisines d'un pas décidé.

— Cette brave Mme Wilks se montre parfois fort étrange, tu ne trouves pas ? murmura le comte Charbrey à l'oreille de Morgana.

— Je ne la trouve pas plus étrange que le reste des occupants de cette maison, mon oncle, répondit-elle en riant avant de s'élancer vers l'escalier.

Sa chambre se situait au bout d'un long et large couloir dont les murs étaient couverts de portraits de famille. L'un d'eux était celui d'une femme brune, gracile aux yeux de chat et aux traits délicats. Lady Charbrey, longtemps considérée comme la femme la plus belle d'Angleterre, souriait, et, comme à chaque fois qu'elle passait devant le visage resplendissant de sa mère, Morgana sentit son cœur se serrer.

— Morgana, regarde, il est beau, non ? entendit-elle en ouvrant la porte de sa chambre.

Mary, la benjamine des demoiselles Charbrey était agenouillée sur son lit et fixait avec une mine de chatte gourmande le pendentif couleur rubis qu'elle tenait au-dessus d'elle.

— Mary, je t'ai déjà dit de ne pas jouer avec mes bijoux.

— Tu m'as dit que c'était ceux de maman et qu'un jour je pourrai en avoir moi aussi.

— Quand tu seras plus grande. Pour l'instant, remets-le à sa place, il a beaucoup de valeur.

— On dirait un bonbon, fit-elle en l'observant de si près qu'elle se mit à loucher.

Avec ses longs cheveux bruns joliment bouclés, son nez droit et fin quoique légèrement retroussé et ses grands yeux noirs, la fillette ressemblait à une adorable poupée.

— Crois-moi, celui-là ne fond pas... Allez hop ! Obéis !

Mary soupira puis remit le collier dans une boîte à bijoux dorée posée sur une étagère.

— Tu ferais mieux d'aller te laver, Mme Delome fait une nouvelle recette, fit la fillette.

— Et toi tu devrais être à la nursery en train d'attendre l'heure du dîner.

— Peut-être mais j'avais envie de te voir, rétorqua la petite en souriant.

Morgana lui jeta un regard tendre. Mary avait à peine deux ans lorsqu'elles avaient perdu leur mère. Elle avait reporté l'intégralité de son affection sur sa sœur aînée qui l'élevait et la chérissait comme si elle était sa propre enfant.

— Laisse-moi deviner, tu as besoin d'un câlin ? demanda affectueusement la jeune femme.

Mary grimaça devant la longue robe maculée de suie de sa sœur.

— Je préférerais d'abord que tu ailles te laver sinon tu vas me tacher et Mme Wilks va encore me sermonner.

— Deviendrais-tu raisonnable comme Daphné et Rosalie ?

— Non, moi je te ressemble, rétorqua la fillette en riant. On a fait préparer ton bain, tu te dépêches, hein ?

— Je me hâte. Attends-moi, répondit Morgana avant de pénétrer dans la salle de bains, où elle trouva sa baignoire envahie de coquilles de noix flottant sur l'eau. Mary, viens ici petit démon et enlève-moi tout ça, gronda-t-elle en passant sa tête par la porte de sa chambre.

— Je te les prête. Comme ça tu pourras t'amuser un peu.

La jeune femme sentit son cœur fondre.

— C'est gentil mais je n'ai pas le temps de jouer ma chérie.

— Ah… bon, bon d'accord. Dis Morgana, je pourrais dormir avec toi cette nuit ?

— Non. Ce soir, je vais étudier les étoiles et tester mon nouveau télescope, expliqua-t-elle gentiment.

— Alors je dormirai dans ton lit en attendant ton retour. S'il te plaît, s'il te plaît..., la supplia-t-elle tandis que sa sœur commençait ses ablutions.

Morgana ferma les yeux. Bon sang, pourquoi ne parvenait-elle jamais à lui dire non ?

— Entendu, tu peux dormir ici si tu y tiens, mais je te préviens, je ne veux pas de ton chat. On est bien d'accord ?

— Chenapan ne prend pas beaucoup de place pourtant...

— Peut-être, mais il a la sale manie de me mordiller les doigts de pieds !

La fillette éclata de rire.

— C'est parce qu'il t'aime bien.

— Moi aussi. Je pense que je l'apprécie tellement que je vais le faire empailler.

— Une fois qu'il sera mort ?

— Non, avant.

L'enfant écarquilla les yeux et lui lança un regard horrifié.

— Du calme, Mary, je plaisante.

— Ce n'est pas drôle !

— Non, pas drôle du tout ! s'exclama Morgana en saisissant sa jeune sœur sous les bras et en la faisant tournoyer.

L'instant d'après, une petite fille d'une douzaine d'années, la silhouette menue et les cheveux d'un blond si pâle qu'ils en paraissaient transparents, entrait à son tour dans la chambre.

— Je vous ai entendues rire, à quoi est-ce que vous jouez ? demanda-t-elle.

— À tourner, tu veux essayer, Daphné ? répondit sa petite sœur en riant.

Daphné Charbrey avait le physique d'un ange mais aussi leur douceur et une manière si gracieuse et si élégante de se déplacer qu'elle donnait l'impression de flotter.

— Je doute que Morgana ait la force de me soulever de cette façon, rétorqua-t-elle gaiement en s'installant sur le lit de sa sœur aînée pour mieux les observer.

— Je n'ai peut-être pas la force de te porter mais je ne te laisserai pas t'en tirer à si bon compte jeune fille ! lança Morgana avant de se ruer sur Daphné et de commencer à la chatouiller.

— Arrête ! arrête, je n'en peux plus ! la supplia-t-elle en se tordant.

— Pas question. Ou alors je veux une rançon. Donnez-moi une livre de baisers.

Les deux fillettes échangèrent un regard puis se jetèrent en même temps sur leur grande sœur, qui s'écroula sur le lit, le corps bloqué par le poids des deux enfants.

— D'accord, d'accord, je me rends ! souffla-t-elle en riant.

— Trop tard ! s'écrièrent ensemble Mary et Daphné avant de coller leurs lèvres sur les joues de leur aînée qui pouffait.

Chapitre 3

Peu après avoir dîné et félicité Mme Delome pour sa toute nouvelle recette, Morgana se retira dans la bibliothèque, s'installa derrière le secrétaire joliment sculpté où elle aimait travailler, vérifia les comptes puis, réfrénant son envie de sortir ensuite pour observer les étoiles avec sa toute nouvelle invention, fit avertir Rosalie qu'elle avait à lui parler.

— Tu as demandé à me voir ? demanda celle-ci en entrant.

Rosalie Charbrey était une jeune fille ravissante. Les cheveux raides et châtains, les yeux couleur bleu nuit, les joues roses, elle avait une beauté moins évidente, plus discrète que celle de sa sœur, mais possédait un charme dévastateur. Et son sourire jovial, son éternelle bonne humeur et son rire communicatif lui conféraient une séduction naturelle à laquelle nul ne pouvait résister.

— En effet, assieds-toi, je n'en ai que pour une minute, répondit Morgana en trempant sa plume dans l'encrier.

Rosalie, habituée aux petites manies de son aînée, s'assit élégamment sur le fauteuil qui se trouvait sur le côté et attendit quelques minutes avant de dire :

— Alors, que donne ta dernière invention ? Tu es satisfaite ?

Morgana leva vers elle des yeux pétillants d'excitation.

— Oh oui ! Figure-toi que suite à ma correspondance avec William et Caroline Hershell, j'ai considérablement amélioré mon télescope et travaillé sur les miroirs paraboliques en...

Elle s'interrompit brusquement. Si elle commençait à palabrer sur ce sujet et à expliquer les améliorations qu'elle avait apportées au télescope à cristal de plomb, elle en finirait par oublier les raisons qui l'avaient poussée à demander à Rosalie cet entretien privé.

— Je suis désolée, je serais ravie de discuter de tout ça avec toi plus tard, mais j'ai d'abord des choses importantes à te dire.

Le ton résolument sérieux qu'utilisait Morgana intrigua aussitôt la jeune fille.

— Tu es bien solennelle tout à coup...

— C'est parce que je désire te parler de ton avenir.

Rosalie s'enfonça brusquement dans le fauteuil et lui décocha un regard soupçonneux.

— De mon avenir ?

— Oui. Je crois qu'il est grand temps pour toi de trouver un mari.

— Un mari ? Pour quoi faire ?

Morgana soupira en secouant la tête puis dit calmement :

— Tu viens d'avoir dix-huit ans, tu n'as pas envie de rencontrer de beaux garçons et de les voir te faire la cour ?

— J'avoue n'y avoir guère encore songé.

— Eh bien j'aimerais dorénavant que tu envisages sereinement cette possibilité.

— Rassure-moi, tu ne comptes pas me forcer à me marier ? demanda brusquement Rosalie d'un air inquiet.

Morgana secoua la tête et lui sourit d'un air rassurant.

— Non, bien sûr que non, mais je ne puis m'ôter de l'idée que, si père et mère avaient été encore parmi nous, tu aurais fait ton entrée dans le monde depuis un an et tu serais probablement aujourd'hui fiancée à un charmant jeune homme doté d'une fortune considérable et d'une excellente réputation.

— Faire son entrée dans le monde ? Vraiment ? Si c'est tellement intéressant, pourquoi ne l'as-tu pas faite, toi, ton entrée dans le monde ?

Morgana la regarda durement.

— Au cas où cela t'aurait échappé, je n'en ai guère eu le temps ou l'opportunité, j'avais trois jeunes sœurs à élever et de nombreuses responsabilités.

Rosalie rougit brusquement.

— D'accord, reconnut-elle en baissant la tête, je suis désolée, mais enfin Morgana, pourquoi ne pourrions-nous pas continuer à vivre encore un peu tranquillement toutes les quatre ? Et si un jour l'occasion se présente et que je tombe amoureuse, alors nous aviserons.

Un instant, Morgana faillit se laisser convaincre mais se reprit aussitôt. Le bonheur de sa sœur était en jeu. Rosalie était beaucoup trop tendre, trop jolie, trop rêveuse pour continuer à vivre dans un manoir perdu en pleine campagne loin de toutes les distractions auxquelles avaient droit les jeunes filles de cet âge.

— *Si l'occasion se présente* ? et quelle occasion auras-tu en continuant à vivre de cette façon ma chérie ? Quelle sorte d'hommes pourrais-tu bien fréquenter ? Non, non, il faut que ton futur époux soit digne de toi et qu'il soit d'un rang égal au nôtre.

— Mais Morgana…

— Il n'y a pas de mais, j'ai déjà écrit à tante Agatha pour l'avertir de notre arrivée.

Une lueur d'angoisse traversa brusquement ses yeux.

— Tu es donc si pressée de te débarrasser de moi ?

Morgana blêmit.

— Rosy, je t'aime plus que tout et tu le sais mais tu as dix-huit ans, il est temps que tu découvres le monde et les joies que peuvent t'offrir ta fortune et ton nom.

— Et si moi je ne me sens pas prête ?

— Tu sais tout ce qu'il y a à savoir sur le comportement qu'une jeune fille doit adopter en société, j'ai veillé à chaque détail de ton éducation, fais-moi confiance, tu seras parfaite.

— Oh ça, je n'en doute pas. Tu n'échoues jamais en rien Morgana. Telle la déesse Shiva, tu as plusieurs bras, tu es omnipotente. Tu sais tout faire. Si tu savais ce que ça peut être agaçant parfois ! lança-t-elle d'un ton amer.

Morgana grimaça.

— Tu te trompes, il y a quantité de choses que j'ignore.

— Telles que ?

— Je ne possède pas tes excellentes manières et ne sais pas dompter mon tempérament, je n'ai aucun don pour la musique, je ne sais pas m'occuper d'un jardin ou...

— C'est parce que toutes ces choses t'importent peu, même si tu as cru bon de charger des tiers pour nous les enseigner. Tu parles de mes désirs ou de ce qui serait bon pour moi mais as-tu pensé à mes rêves ou à ce que j'aimais ?

Morgana détourna le regard, embarrassée.

— Non. Il faut dire que tu passes ton temps libre dehors à vagabonder, à t'occuper des animaux et...

— C'est vrai, je vagabonde. J'aime les sentiers étroits, les arbustes et les ronces qui s'agrippent au tissu de ma robe comme s'ils me suppliaient de ne pas partir, j'aime l'odeur de la rosée le matin et les perles d'eau qui s'accrochent aux toiles d'araignée comme si elles étaient parées de diamants, j'aime les petites bêtes qui courent dans les grands bois et aussi les pluies d'orage. Je ne veux pas vivre en ville où tout sent mauvais, je ne veux pas étouffer dans des espaces confinés et avoir une vie étriquée d'aristocrate mal embouchée.

Morgana lui jeta un regard atterré.

— Je... je ne savais pas. Je pensais que tu t'ennuyais, que...

— Eh bien tu avais tort, répondit Rosalie en poussant un soupir.

— Je comprends, Rosalie, mais tu ne peux tout de même pas passer le reste de ta vie à te promener !

— Ce n'est pas mon intention.

Elle marqua une pause avant d'ajouter :

— J'ai écrit un roman, Morgana. J'ai envoyé mon manuscrit à un éditeur et il vient juste d'accepter de le publier.

Le ravissant visage de Morgana afficha une expression incrédule. Rosalie ? Un roman ? Elle savait bien entendu que sa sœur ne sortait jamais se promener sans une feuille de papier, sa plume et un encrier, mais elle avait toujours supposé qu'elle écrivait des sonnets ou qu'elle tenait un journal. Non qu'elle était en train de rédiger un roman.

— Enfin, pourquoi ne m'as-tu rien dit ? Pourquoi m'avoir caché cette merveilleuse nouvelle ?

— Je ne voulais pas t'en parler avant d'être certaine. Je n'ai reçu la lettre qu'hier.

Un immense sentiment de fierté submergea Morgana.

— Oh Rosy, si tu savais combien je suis heureuse pour toi ! fit-elle en prenant sa sœur dans ses bras. De quel éditeur s'agit-il ?

— Du prestigieux et terriblement inconvenant sir Malcolm Greenwald.

Bien que vivant loin de la haute société, Morgana n'ignorait pas, grâce aux nombreux commérages qu'aimait à lui répéter sa tante dans ses lettres, lady May Carrington, qui était le comte Greenwald et connaissait parfaitement sa réputation d'homme brillant et de séducteur patenté.

— Je ne connais pas le comte mais je sais qu'il est homme de goût et de réussite. Gageons que ta prose aura du succès, déclara Morgana les yeux luisants de plaisir.

— Oui, oui… toutefois…

— Quoi ? Qu'y a-t-il ?

— Étant… étant donné la réputation de lord Greenwald et son refus catégorique d'éditer des œuvres écrites par des femmes, je n'ai pas osé signer de mon nom…

Morgana plissa les yeux.

— Tu as pris un pseudonyme masculin ?

Rosalie hocha doucement la tête.

— C'était le seul moyen…

Morgana soupira.

— Écoute, ma chérie, si cet homme fait preuve de sottise et de préjugés, tu devrais peut-être songer à confier la publication de ton roman à quelqu'un d'autre ?

— C'est la maison d'édition la plus prestigieuse !

— Peu importe si elle est aux mains d'un homme arriéré qui n'apprécie la gent féminine que les jupes retroussées ! lâcha-t-elle brusquement d'un ton excédé.

Rosalie rougit aussitôt violemment.

— Oh ! Morgana.

Celle-ci se mordit les lèvres, un peu gênée.

— Tu as raison, pardonne-moi, mes propos étaient parfaitement outranciers. Justifiés mais outranciers.

Rosalie sourit, amusée par le faux mea culpa de sa sœur et lui demanda très sérieusement :

— Alors que me conseilles-tu ?

— Il te faudra probablement trouver un autre éditeur et garder tes talents secrets. L'intelligence n'est pas une qualité appréciée chez les jeunes filles en quête d'un mari et il te faudra cacher ce trait affligeant de ta personnalité si tu ne veux pas effrayer tes prétendants.

Rosalie haussa les sourcils, surprise.

— À Londres ? Mais je croyais t'avoir dit que…

— Une saison, je ne te demande qu'une saison. Après, tu pourras faire ce qu'il te plaira, insista Morgana en plantant son regard dans celui de sa jeune sœur.

— Je refuse, lança Rosalie d'un air buté.

— Dommage. Ça t'aurait donné l'opportunité de rencontrer le comte Greenwald et de lui dévoiler ton identité. De plus, j'aurais passé un certain temps à tes côtés et nous n'aurions pas quitté Londres sans t'avoir trouvé un nouvel éditeur.

Rosalie ouvrit la bouche puis la referma aussitôt.

— Mais enfin, puisque cela ne semble pas t'intéresser…

— Quelqu'un t'a déjà dit que tu étais machiavélique ?

— Oui, notre oncle. Et fort souvent, admit Morgana avec un sourire en coin.

— Au risque de te froisser, je partage son opinion déclara-t-elle en soupirant avant de prendre quelques secondes de réflexion. Si je t'accompagne et que je consens à faire mes débuts à la prochaine saison, tu me promets que tu me laisseras choisir librement mes prétendants sans m'agonir de conseils et de réflexions ?

Morgana sourit.

— Je te le promets.

— Très bien, en ce cas, marché conclu.

Une lueur de satisfaction se mit à briller dans les magnifiques yeux verts de Morgana.

— Tu verras, Londres est une ville ravissante.

— Ravissante, bruyante et aussi fort sale à ce que prétend notre oncle.

— Ne sois pas si désagréable, je suis sûre que nous allons follement nous amuser.

— Je ne suis pas certaine de trouver tes propos très rassurants. La dernière fois que tu m'as dit ça, tu m'as obligée à porter un appareil sur le visage et tu m'as plongé la tête dans l'eau pour réaliser l'une de tes fichues expériences.

— Le résultat s'est révélé assez décevant, je dois bien le reconnaître, soupira Morgana d'un ton désappointé.

— Ce n'était pas faute de te répéter qu'aucun appareil étrange ne me ferait respirer sous l'eau. Je suis une femme, pas un poisson !

— Ça aurait pu marcher Rosalie, simplement je n'ai pas encore trouvé le moyen de rendre ma machine assez étanche et de...

— De me noyer tout à fait ? ironisa sa sœur.

— Pourquoi faut-il que tu fasses preuve d'autant de mauvais esprit ?

— On se le demande, railla Rosalie en lançant un regard appuyé à son aînée.

Chapitre 4

Depuis la calèche, Rosalie observait les rues de Londres et ses élégantes artères commerçantes, tout en suivant des yeux les passants qui grouillaient sur les larges trottoirs, dans le bruit assourdissant de la ville.

— Quel endroit étrange et fascinant, commenta d'un ton enjoué la jeune fille.

Morgana qui s'était paresseusement abandonnée au bercement des roues réprima un bâillement et ouvrit ses yeux mi-clos.

— Étrange sûrement, fascinant, j'en suis moins sûre. Tu sais que tu ne pourras pas te balader seule ici, ni même te déplacer sans chaperon ?

Rosalie sourit. Morgana avait beau se comporter d'une fort étrange manière, elle n'ignorait rien des convenances et, tout en les rejetant pour elle-même, elle avait curieusement veillé à ce que ses jeunes sœurs soient, elles, parfaitement éduquées.

— Bien entendu. Ne t'inquiète pas, Morgana. Comme tu me l'as si bien fait remarquer, je sais ce qu'il y a à savoir et de quelle manière me comporter.

— Parfait, je ne manquerai pas de remercier Flora Winston pour son excellent enseignement. Cette préceptrice était pénible et peu amène mais je lui sais gré de son extrême patience et de son dévouement.

— Tu sais, une fois miss Winston m'a confié qu'elle regrettait ta réticence à te plier aux règles qu'une jeune fille doit s'imposer et ne comprenait pas ton refus de paraître en société, mais elle m'a aussi avoué qu'elle t'admirait et que tu étais l'une des femmes les plus brillantes qu'il lui avait été donné de rencontrer.

— Je suppose qu'elle t'a bien précisé de ne jamais chercher à m'imiter ? demanda Morgana d'un ton amusé.

— Bien entendu.

— Dieu merci, cette chère Flora Winston ne manque pas de bon sens.

— Non assurément ! s'esclaffa sa sœur.

Rosalie riait encore lorsqu'elle sentit l'attelage s'arrêter. Dévorée de curiosité, elle se pencha sur son siège et examina la maison simple et cossue en s'attardant tout particulièrement sur les ravissantes jardinières qui ornaient les fenêtres.

— Nous sommes arrivés, mesdemoiselles, déclara le cocher en ouvrant la porte.

— Merci Walters, répondit Morgana tandis qu'il lui tendait galamment la main pour l'aider à descendre.

— Cet endroit est ravissant. Je regrette simplement qu'il y ait autant de grilles le long des rues, c'est assez déplaisant, remarqua Rosalie en rejoignant sa sœur.

Morgana lui sourit, puis chuchota discrètement :

— Tu te souviens de ce que je t'ai dit sur notre tante ?

Rosalie n'avait croisé lady Carrington qu'une seule fois lorsqu'elle était enfant, à l'enterrement de ses parents. Et contrairement à Morgana, qui lui écrivait souvent et venait lui rendre visite tous les deux ans, elle n'avait aucune idée de ce à quoi pouvait bien ressembler sa tante, le caractère qu'elle avait ou même l'accueil qu'elle leur réserverait. Elle ne pouvait s'empêcher de se sentir intimidée.

— Oui, tu m'as dit que c'était une originale, qu'elle racontait pas mal de fadaises, mais qu'il ne fallait pas sous-estimer son intelligence parce qu'elle était bien moins folle qu'on pouvait se l'imaginer ou plutôt qu'elle aimait à le faire croire.

— C'est cela, répondit Morgana en lui adressant un sourire encourageant. Ne t'en fais pas, je suis sûre que tu vas l'adorer.

Les deux jeunes filles n'eurent même pas le temps de frapper qu'un imposant majordome parut brusquement dans l'entrebâillement de la porte.

— Je suis ravie de vous revoir, mademoiselle Charbrey, déclara-t-il respectueusement à l'adresse de Morgana.

— Bonjour, Chambers. Je vous présente ma sœur, miss Rosalie Charbrey.

— Mademoiselle, la salua-t-il aussitôt.

Puis il se tourna vers le valet qui se tenait silencieusement à ses côtés.

— Colin, veuillez vous occuper des bagages, je vous prie.

— Alors, Chambers, ma tante s'est-elle résolue à augmenter vos gages lorsqu'elle a eu vent de ma visite ? plaisanta Morgana en ôtant ses gants.

— En effet, mademoiselle, elle a pensé que j'aurais besoin d'une certaine... compensation, répondit-il avec un sourire narquois.

— Et elle a eu tout à fait raison, Chambers.

Rosalie assistait à l'échange sans mot dire, scandalisée par la conduite inconvenante de sa sœur et les propos outrageants du domestique.

— Désirez-vous immédiatement vous installer mademoiselle ?

— Ça dépend. Tante Agatha sévit-elle dans les parages ? demanda Morgana.

— Elle est actuellement occupée à prendre le thé et à torturer lady Worton dans le petit salon, mademoiselle.

La jeune femme haussa les sourcils.

— Dois-je aller la sauver ou lady Worton mérite-t-elle cet horrible traitement ?

— Je pense que lady Worton ne va pas tarder à sonner la retraite et qu'il serait fort charitable à vous d'aller la secourir dans les plus brefs délais.

— Soit Chambers, dans ce cas, à l'assaut ! lança Morgana en passant devant le majordome.

Rosalie attrapa le bras de sa sœur et murmura d'un ton gêné :

— Si notre tante a une invitée, peut-être faudrait-il...

Morgana leva les yeux au ciel et l'interrompit aussitôt.

— Ma chérie, n'oublie pas ce que je t'ai dit. Les règles de bienséance n'ont pas tout à fait cours dans cette maison.

— Peut-être mais c'est tout de même fort cavalier et...

Elle n'eut pas le temps d'émettre de nouvelles objections que le majordome pénétrait déjà dans le petit salon et les annonçait.

— Lady Carrington, Mlles Morgana et Rosalie Charbrey sont arrivées. Puis-je les faire entrer ?

— Bien entendu voyons, Chambers, fit une voix stridente de l'autre côté de la porte.

Le domestique s'effaça prestement pour laisser pénétrer Morgana et Rosalie, puis referma la porte.

— Oh ma tante, quel plaisir de vous voir, cela fait si longtemps, dit Morgana en s'avançant vers la femme d'une quarantaine d'années aux épaules carrées et aux joues rondes qui lui souriait.

— Ma nièce, je suis heureuse de constater que vous êtes plus belle de jour en jour.

Puis, elle se tourna vers la femme blonde au visage terne et à l'expression de lapin apeuré qui se tenait près d'elle et dit :

— Chère lady Worton, je vous présente Mlle Morgana Charbrey ainsi que sa sœur Rosalie. Approchez mon enfant, dit-elle en se tournant vers cette dernière, nous ne vous mangerons pas.

— Lady Worton, tante Agatha, bredouilla aussitôt Rosalie en les saluant.

Lady Carrington s'avança alors vers elle et l'examina attentivement avant de lancer un regard étonné à Morgana.

— Elle est timide ?

— Réservée, précisa Morgana.

— Comme c'est charmant. Elle restera dans cet état encore très longtemps ?

Rosalie rougit violemment puis baissa la tête.

— Je l'espère bien, ma tante. Je n'ai pas rémunéré ses préceptrices, supporté ses cours de danse, de piano ou de chant destinés à faire d'elle une jeune fille accomplie pour voir tous mes efforts réduits à néant, plaisanta Morgana.

Les yeux de lady Carrington pétillèrent de malice.

— Il est dommage que vous ne vous soyez pas infligé le même châtiment, il vous aurait été fort profitable, ma nièce.

— Je ne peux malheureusement vous contredire sur ce point ma tante.

Lady Worton jeta un regard empreint de pitié à la pauvre Rosalie et, souhaitant ménager ses nerfs déjà fortement atteints depuis qu'elle avait mis les pieds chez lady Carrington, décida qu'il était grand temps de s'éclipser.

— Veuillez me pardonner, ma chère, mais j'ai un rendez-vous urgent auquel je ne peux malheureusement pas me dérober et je suis déjà furieusement en retard.

Lady Carrington lui sourit aussitôt et répondit :

— Mais bien entendu, ma chère.

Puis elle se tourna vers Morgana.

— Lady Worton n'ose pas vous le dire mais comme chaque lundi elle a rendez-vous chez son médecin qui lui donne un traitement pour ses douleurs intimes.

Morgana se pinça les lèvres pour ne point rire tandis que la malheureuse invitée de sa tante écarquillait des yeux horrifiés.

— Comment ? Je vous assure que vous vous méprenez complètement lady Carrington, jamais je ne...

Lady Carrington haussa un sourcil étonné.

— Ah non ? J'aurais pourtant juré que... Enfin je suppose que j'ai dû confondre, rétorqua-t-elle.

Lady Worton la dévisagea d'un air offensé, puis, sans même prendre le temps de les saluer, se rua vers la porte aussi vite que si sa vie en dépendait.

— Étrange, quelque chose me dit que nous ne la reverrons pas de sitôt, déclara Morgana en riant une fois qu'elle fut partie.

— Continuez à suivre mon exemple comme vous le faites, ma nièce, et je gage qu'avant la fin de la saison tous seront tombés sous le charme de votre adorable cadette et la plaindront de votre lien de parenté, rétorqua lady Carrington en souriant.

— Parfait. Ce contraste saisissant ne pourra que jouer en la faveur de Rosalie et servira admirablement nos projets, affirma Morgana avant de s'asseoir dans un petit fauteuil inconfortable et mal rembourré.

— Morgana, tu es quelqu'un de merveilleux, je n'ose imaginer que personne ne s'en rende compte, protesta gentiment Rosalie.

Lady Carrington posa sur elle un regard attendri.

— Vous êtes parfaite, Rosalie, et je ne doute pas que vous soyez aussi une jeune fille intelligente, alors écoutez bien ceci : votre sœur est un cas à part, une sorte d'expérimentation osée et hasardeuse de la nature et, pour ça, je l'aime tendrement. Toutefois, ne vous leurrez pas, ses idées étranges, sa soif de liberté, son génie et ses entorses incessantes aux règles de la bienséance risquent d'offenser gravement la bonne société qui n'aura de cesse de la rejeter.

— Elle n'a pourtant pas agi de cette façon avec vous, tante Agatha, la taquina Morgana.

— Je suis veuve et très riche. Ma liberté de ton et mon excentricité les amusent. Ce genre de comportement n'est pas concevable chez une jeune fille et, en tant que débutante, ta sœur n'aura droit à aucune de ces libertés, l'avertit-elle.

Morgana soupira et avoua d'un ton gêné :

— Rosalie écrit.

— Catastrophe ! Est-ce vrai mon enfant ? demanda lady Carrington en se tournant vers Rosalie.

— Oui, ma tante, répondit-elle en ne sachant si elle devait se montrer fière ou pleurer.

— Intelligente, c'est bien ce que je disais... Quel fléau pour une famille. Si encore vous étiez des garçons, mais… enfin, ce qui est fait est fait. On ne peut malheureusement pas vous changer.

Puis elle tira un cordon de sonnette situé près de la fenêtre. Presque aussitôt, la porte s'ouvrit et le majordome apparut.

— Veuillez faire servir le thé à mes nièces, Chambers, et ramenez-nous un peu de ce délicieux pudding que Glawdys a préparé.

— Bien, Madame, répondit-il avant de s'effacer aussitôt.

— Alors, vous ne trouvez pas que ce brave Chambers a terriblement vieilli ? demanda lady Carrington en leur adressant un clin d'œil.

— Il a le visage un peu plus buriné et ses cheveux sont maintenant entièrement gris, toutefois je le trouve toujours aussi séduisant, répondit Morgana en riant tandis qu'une expression choquée envahissait le visage de Rosalie et que ses yeux s'agrandissaient comme des soucoupes.

— Je… je ne suis jamais venue vous rendre visite auparavant, ma tante, il me serait donc difficile de me faire une opinion à ce sujet, répondit-elle visiblement embarrassée.

— Ah Chambers… mon fidèle compagnon. Je ne sais pas comment je vais me débrouiller sans lui une fois qu'il m'aura quittée, soupira lady Carrington.

— Vous a-t-il déjà signifié son congé ? demanda poliment Rosalie.

Morgana s'esclaffa.

— Elle veut dire « quand il sera mort », Rosalie. Notre tante ne laissera partir son fidèle majordome que les pieds devant, n'est-ce pas tante Agatha ?

— Bien évidemment. Que ferait-il de son temps libre ? Il va dépérir et terriblement s'ennuyer si je ne suis pas là.

— N'est-ce pas d'ailleurs ce qu'il s'est passé lorsque vous avez envoyé votre chien Rufus à la campagne ? remarqua Morgana avec un humour très pince-sans-rire.

— Absolument. Le pauvre déprimait tellement qu'il s'est jeté sous une carriole. J'en ai été très affectée.

— Et nous ne souhaitons pas que Chambers se jette sous une carriole, n'est-ce pas ma tante ? demanda Morgana une lueur rieuse dans le regard.

— Ah non, certainement pas, s'exclama lady Carrington très sérieusement tandis que Rosalie faisait les yeux ronds, éberluée.

Au grand soulagement de la jeune fille, le majordome entra alors dans la pièce et elle se prit à prier pour que les deux femmes reviennent à une conversation plus sensée.

— Posez tout cela ici, Chambers, je me charge de faire le service, déclara lady Carrington.

— Oui, Madame, fit-il en posant délicatement le plateau devant elle.

— Dites-moi, tante Agatha, fit Morgana en soulevant sa tasse de thé, que savez-vous du comte Malcolm Greenwald ?

— Cet Écossais ? Il ne conviendra guère à Rosalie, décréta-t-elle d'un ton péremptoire.

— De toute évidence, admit Morgana. Alors ?

— Que pourrais-je vous dire que vous ne sachiez déjà ? Il est riche, brillant et extrêmement influent du fait de son amitié avec le prince régent, mais c'est aussi un dévoyé doté d'un charme et d'une beauté insolente.

— Ça, je le sais déjà, mais encore ?

— Je ne sais que fort peu de choses, le comte est un homme fort discret, il paraît peu en société et reste malgré son rang d'un caractère assez sauvage…

Morgana sourit.

— Vous le dépeignez comme un barbare…

— Ne vous ai-je point dit qu'il était écossais ?

— Si ma tante, vous l'avez fait, admit Morgana d'un ton amusé.

— Enfin bref, il a la réputation d'être un excellent bretteur, d'avoir fait preuve d'un courage exemplaire sur les champs de bataille…

Morgana haussa les sourcils et l'interrompit brusquement.

— C'est un ancien officier ?

— Oui et l'un de nos meilleurs stratèges…

— Étrange, je ne vois pas ce genre d'homme s'intéresser au métier d'éditeur…

— Un métier ?

Lady Carrington s'esclaffa.

— Vous n'avez pas entendu ce que je vous ai dit, Morgana ? Le comte est fort riche, sa fortune lui vient non seulement de ses investissements dans les usines, les mines et la Compagnie des Indes, mais aussi de ses fermages… On prétend que le domaine du duc, son père, est l'un des plus grands de toute l'Écosse !

Morgana haussa les sourcils.

— Alors, pourquoi avoir créé cette maison d'édition ?

Lady Carrington haussa nonchalamment les épaules.

— J'imagine qu'il s'agit là d'une lubie ou d'un passe-temps…

— Un passe-temps ?

— En effet. Toutefois ne faites pas l'erreur de croire que le comte se comporte en dilettante ; ce qu'il fait, il le fait bien et toujours avec talent...

Elle marqua une pause et se tourna vers Rosalie.

— D'après la teneur de cette conversation, j'imagine que vous espérez voir lord Greenwald publier vos ouvrages, ma nièce ?

— En effet, ma tante. J'ai envoyé un roman que j'avais écrit à lord Greenwald et il a accepté de m'éditer... Seulement... il pense que je suis un homme, avoua-t-elle d'un air embarrassé.

— Un homme ? Alors c'est qu'il doit être aveugle ! ricana lady Carrington.

— Rosalie a utilisé un pseudonyme masculin parce qu'il est de notoriété publique que le comte refuse tout ouvrage écrit par une femme, expliqua Morgana.

— Je vois en cet acte malhonnête l'influence exécrable de votre abominable sœur, remarqua lady Carrington en riant.

— Merci, ma tante, railla Morgana en feignant d'être vexée.

— Pour tout dire, continua lady Carrington, je ne suis pas étonnée. Le comte méprise les femmes, il n'a aucune considération pour elles et ne les utilise que pour assouvir son plaisir. D'aucunes m'ont dit qu'il était un incroyable amant du reste et qu'il savait se montrer généreux. Toutefois je ne puis m'empêcher de plaindre la malheureuse qu'il choisira pour perpétuer sa lignée.

— Je crois que Rosalie pourrait parfaitement se passer de ce genre de révélations intimes ma tante, lui fit remarquer Morgana, les yeux rivés sur le visage de sa sœur qui était brutalement devenu aussi rouge qu'une pivoine.

— Oh, pardon, ma chère enfant, je me comporte avec vous comme avec Morgana et j'oublie que vous possédez la sensibilité et la pudeur d'une vraie jeune fille.

— Cessez de me flatter, tante Agatha, vous allez, moi aussi, me faire rougir, lança Morgana d'un ton railleur.

— Rougir ? Vous ? Ce serait un bel exploit en vérité ! rétorqua lady Carrington en souriant.

Une heure plus tard, le cérémonial du thé terminé, les demoiselles Charbrey demandèrent à s'installer. Caroline, l'une des femmes de chambre, escorta donc les jeunes femmes le long du corridor avant de s'arrêter devant une porte blanche.

— La chambre de mademoiselle, dit-elle en regardant Rosalie.

La jeune fille posa sa main sur le bouton, indécise, puis se tourna vers sa sœur.

— Verrais-tu une objection à ce que nous nous rendions à la maison d'édition de sir Greenwald dès demain ?

Morgana poussa un long soupir. Elle avait parfaitement conscience de l'inconvenance d'une telle démarche. Aucune jeune fille ne pouvait rendre visite à un homme tel que le comte sans risquer sa réputation. Mais elle avait fait une promesse à Rosalie et comptait bien l'honorer.

— Nous nous y rendrons dans la matinée, mais pour l'instant, va te rafraîchir, cela te fera du bien après un si long voyage, répondit-elle en lui faisant signe d'entrer.

Puis elle suivit Caroline jusqu'au fond du couloir et entra à son tour dans sa chambre.

Balayant la pièce du regard, elle s'aperçut qu'elle était dotée d'une cheminée, qu'un feu avait été allumé et que Chambers lui avait mis à disposition un secrétaire ainsi qu'un encrier.

— Décidément ce majordome est parfait, se dit-elle à voix haute.

— M. Chambers a donné des instructions précises en ce qui concerne vos appartements mademoiselle, il espère que vous en serez satisfaite.

— Remerciez-le de ma part et dites-lui que je suis enchantée, répondit Morgana en ôtant ses chaussures.

— Désirez-vous que je vous aide à vous déshabiller ou que je vous prépare un bain ?

— Non merci, Caroline, je vais me reposer une heure ou deux avant le dîner.

— Bien, mademoiselle, glissa-t-elle avant de s'éclipser.

Morgana s'allongea aussitôt sur les draps de lin blanc, poussa un soupir de satisfaction puis se mit à songer très sérieusement au problème de sa sœur. Comment allait-elle réagir lorsque lord Greenwald lui rendrait son manuscrit ? Allait-elle pleurer ? Fièrement s'en aller ? Et le comte serait-il outré et choqué ? En tout cas, une chose était certaine, elle ne le laisserait pas blesser Rosalie ou lui manquer de respect, même si elle devait pour cela provoquer un scandale ou se résoudre à l'assommer.

Chapitre 5

Ce matin-là, lord Malcolm Greenwald était d'une humeur exécrable. Il avait passé une partie de la nuit à jouer aux cartes et perdu une somme considérable. Comme si ça ne suffisait pas, sa maîtresse, la belle Castillane Dolorès Rodrigo lui avait fait une de ces scènes ridicules dont seules les courtisanes semblaient avoir le pénible secret. À croire que ces créatures ne se complaisaient que dans le scandale et n'aimaient rien autant que d'alimenter les ragots de la bonne société. D'ailleurs, plus il y songeait, plus le comte se disait qu'il était grand temps d'en terminer. Après tout, son succès avec les femmes ne s'était jamais démenti, bien au contraire, et il n'avait pas le souvenir qu'une seule lui ait résisté. Alors pour quelle raison absurde devait-il se contraindre à supporter plus longtemps les jérémiades d'une seule quand tant d'autres ne demandaient qu'à le combler ?

— Monsieur le comte ?

Son secrétaire, Irving Clark, un jeune homme brun et rondouillard, se tenait sur le palier du bureau et semblait embarrassé.

— Oui, Clark ?

— Deux demoiselles demandent à être reçues.

— Des demoiselles ? Dites-leur de partir, je ne suis guère d'humeur à batifoler, Clark ! gronda-t-il.

— Il s'agit de deux ladys, milord, crut bon de préciser le secrétaire.

Malcolm lui jeta un regard soupçonneux.

— Des ladys ? Vraiment ?

— J'en ai la quasi-certitude, milord, insista-t-il.

Le comte fronça les sourcils. Il était bien trop tôt pour les visites et aucune jeune fille respectable ne se risquerait à franchir le seuil de l'antre d'un célibataire de peur de ruiner définitivement sa réputation.

— Vous ont-elles confié leurs noms ?

Le secrétaire secoua la tête.

— Je vous l'ai dit, ce sont des ladys, milord, fit-il d'un ton appuyé.

Ancien escroc reconverti et homme de main aussi malin que brillant, Clark savait tout comme lui cerner les gens. S'il affirmait que ses deux visiteuses matinales étaient des ladys, c'était qu'elles l'étaient incontestablement.

Lord Malcolm Greenwald soupira, puis décréta finalement d'un ton agacé :

— Très bien, en ce cas, faites-les entrer, Clark.

Le secrétaire quitta prestement la pièce, soulagé, tandis que Malcolm se replongeait dans le manuscrit d'un auteur sans talent que l'une de ses connaissances, le baron Maugrey, lui avait chaudement recommandé. La prose était infâme, l'histoire, inintéressante et la syntaxe, des plus épouvantables. Il comptait bien faire un compte-rendu extrêmement détaillé du manuscrit de son petit protégé à lord Maugrey avant de le lui faire avaler.

— Lord Greenwald, je vous remercie d'avoir accepté de nous recevoir, fit Morgana en entrant dans le bureau.

— Asseyez-vous mesdemoiselles, je termine ce chapitre et je suis à vous, répondit le comte d'un ton sec sans même daigner relever la tête.

Morgana fit aussitôt signe à Rosalie, qui affichait une pâleur à faire peur, de s'asseoir près d'elle puis observa leur hôte à la dérobée. Pour une fois, elle devait bien reconnaître que sa tante n'avait pas exagéré. Avec ses cheveux noirs et ondulés, son menton volontaire, son nez fin et droit, sa bouche bien dessinée et sa stature imposante, lord Greenwald avait effectivement la beauté du diable et il émanait de toute sa personne une incroyable impression de force et de virilité.

— Lord Greenwald ? Je suis désolée d'insister mais ce que nous avons à vous dire ne prendra que fort peu de temps, affirma doucement Morgana au bout de quelques minutes.

Le comte releva la tête d'un air maussade.

— Mademoiselle, je suis navré mais je dois terminer ma tâche et…

Il s'interrompit et cessa un instant d'être en contact avec la réalité, le regard perdu dans celui de la plus exquise créature qu'il lui ait jamais été donné de rencontrer de sa vie.

— Je comprends parfaitement votre embarras, milord, aussi je vais tâcher d'être brève, lui assura aussitôt Morgana.

Lord Greenwald sonda quelques secondes les yeux émeraude de la jeune fille puis lâcha finalement en souriant :

— Vous êtes réelle ?

Morgana avait parfaitement conscience de l'effet qu'elle provoquait chez la plupart des hommes et était tellement accoutumée à leurs réactions étranges qu'elle ne songea même pas à feindre de paraître embarrassée.

— Pourquoi ? Êtes-vous habituellement sujet aux hallucinations ? rétorqua-t-elle du tac au tac en le toisant.

Il la fixa un instant sans rien dire puis éclata d'un rire franc. Non seulement la nature l'avait dotée d'une peau blanche et lumineuse, d'un nez fin et aristocratique, d'une bouche sensuelle et d'un corps aux courbes parfaites, mais en plus elle avait de l'esprit. La journée s'améliorait incontestablement.

— Non, pas à ma connaissance, fit-il toujours hilare.

— Alors c'est parfait, je détesterais parler affaires avec un homme qui n'a pas toute sa tête, fit-elle d'un ton espiègle.

— Et de quel genre d'affaires êtes-vous venues m'entretenir, miss… ?

— Charbrey. Je m'appelle Morgana Charbrey et voici ma sœur, Rosalie.

Il jeta un rapide coup d'œil à Rosalie et se contenta de la saluer poliment.

— Charbrey ? Pardonnez mon indiscrétion mademoiselle, mais êtes-vous parente avec le comte Charbrey ?

— Le comte est notre oncle et notre tuteur, répondit Morgana calmement.

— Je vois, dit-il d'un ton lugubre en regrettant amèrement que Clark, son secrétaire, ne se soit pas trompé.

Morgana Charbrey avait beau être des plus désirables, elle était non seulement une lady, mais aussi une jeune fille innocente, et Malcolm avait pour principe de ne jamais s'attaquer aux innocentes, même s'il lui arrivait parfois de terriblement le regretter.

— Je sais que nous n'avons jamais été présentés, et notre visite doit vous paraître probablement fort inconvenante, milord, mais ma sœur Rosalie tenait absolument à ce que la discussion que vous allez avoir ait lieu de manière aussi informelle que discrète.

Sa sœur ? C'était donc sa sœur qui tenait à lui parler ? Malcolm se tourna intrigué vers Rosalie et eut la surprise de la voir tout à coup s'empourprer.

Oh non… non, il n'aurait pas ? Impossible, même ivre mort, il n'aurait pu oublier un si joli visage et la jeune fille n'avait pas l'air d'une gourgandine. Il la voyait mal fréquenter les endroits de débauche où il passait ses soirées…

— Mademoiselle ? Ai-je déjà eu le plaisir de vous rencontrer auparavant ? demanda-t-il non sans appréhension. Parce que si c'est le cas, je suis désolé, je n'en garde aucun souvenir…

— Non, milord, rassurez-vous, c'est la première fois que vous me voyez, murmura timidement Rosalie, mais vous avez déjà eu le loisir de me lire…

Il fronça aussitôt les sourcils :

— De vous lire ?

Rosalie jeta un regard à sa sœur, qui lui sourit en guise d'encouragement, puis dit doucement :

— Vous avez reçu un manuscrit, il y a trois mois de cela, dont l'auteur était Edmund Charberey, vous vous en souvenez ?

— Oui en effet. Un excellent texte qui mériterait quelques légers remaniements. Toutefois je ne vois toujours pas…

Puis soudain il comprit et une expression dure s'afficha tout à coup sur son visage.

— Vous prétendez être Edmund Charberey, l'auteur de ce roman, miss Charbrey ? demanda-t-il.

— Je ne le prétends pas, milord, je l'affirme. Voyez-vous, je savais que vous n'acceptiez aucun manuscrit écrit par une femme, aussi ai-je trouvé ce subterfuge. Je vous présente toutes mes excuses pour vous avoir dupé, j'ai pensé qu'il n'y avait pas d'autre moyen et...

— Il y a toujours un autre moyen, miss, lâcha-t-il sèchement.

— Je sais... Malgré tout, j'ai songé que ce n'était pas si grave puisque vous comptiez l'éditer et...

Trop émue pour continuer à parler, elle sortit la lettre de sa bourse et la tendit au-dessus du bureau mais Malcolm l'arrêta d'un geste brusque.

— Inutile de me montrer cette lettre, mademoiselle Charbrey, je l'ai forcément lue puisque je l'ai écrite.

— Lord Greenwald, je vous assure que je ne voulais pas vous offenser, dit Rosalie la tête basse.

Malcolm soupira. En réalité, il ne doutait pas de la sincérité de la jeune fille mais il ne pouvait, malgré la sympathie qu'il éprouvait pour elle, accepter de l'éditer sans trahir la promesse qu'il s'était faite quelques années plus tôt, après une expérience fort déplaisante, de ne plus jamais travailler avec un auteur féminin, quelle que puisse être l'étendue de son talent.

— Je veux bien vous croire, miss Charbrey, toutefois j'espère que vous comprendrez que je ne puisse donner suite à ce projet, fit-il d'un ton un peu radouci.

— Donc vous... vous refusez de me donner la moindre chance ?

— Je le crains, en effet.

Des larmes perlèrent aussitôt dans les yeux de Rosalie.

— Fort bien... Je... je vous remercie de m'avoir reçue et j'espère que vous ne m'en voudrez pas de vous avoir fait perdre un peu de votre précieux temps, dit-elle d'une voix tremblante avant de sortir de la pièce précipitamment.

Morgana se leva aussitôt de son siège mais, au lieu de suivre Rosalie, elle se tourna vers Malcolm et le dévisagea d'un air accusateur :

— Vous avez vu ce que vous avez fait ?

— Ce que *moi* j'ai fait ? gronda-t-il.

— Vous l'avez terriblement blessée, espèce de goujat ! cracha-t-elle les yeux luisants de rage.

— Je vous rappelle que c'est votre sœur qui s'est mise elle-même dans cette situation. Je ne suis absolument pas responsable de ce qui vient de se passer, se défendit-il.

— Ah non ? Mais pourtant c'est vous qui avez choisi ce roman, milord, vous qui l'avez aimé et décidé de l'éditer.

— Je ne savais pas alors que le texte était écrit par une demoiselle et encore moins par une demoiselle de qualité.

— C'est la première fois que j'entends dire qu'être noble et bien née peut constituer un handicap à la réussite et au talent. Et sans vouloir vous offenser, je trouve votre raisonnement irrationnel.

Malcolm fronça les sourcils. Jamais personne n'avait osé s'adresser à lui sur un tel ton. Du moins, pas sans en subir les conséquences. Et si cette ravissante petite peste n'y prenait pas garde, elle n'allait pas tarder à découvrir que Malcolm pouvait ne pas se montrer aussi civilisé que la plupart des hommes.

— Irrationnel ? Moi ? fit-il en avançant lentement vers elle avec la démarche d'un félin prêt à fondre sur sa proie.

— Parfaitement. De grands écrivains et reconnus comme tels sont des femmes, lord Greenwald, et au risque de vous paraître terriblement incongrue je vous rappelle que la nature nous a dotées de cervelle et qu'il nous arrive d'avoir l'extravagance de nous en servir.

— Certes, mais si rarement..., ricana-t-il pour la provoquer.

Il se tenait maintenant si près d'elle qu'elle pouvait voir l'anneau doré qui entourait ses pupilles, ainsi que ses longs cils, et se sentit tout à coup si troublée qu'elle loupa une ou deux respirations. Bonté divine pourquoi cet homme lui faisait-il un aussi curieux effet ?

— Oh ce que vous pouvez être...

— Prenez garde à vos propos, miss Charbrey, l'avertit-il aussitôt d'un air menaçant.

— ... obtus, borné et bourré de préjugés ! continua-t-elle néanmoins.

— Bourré de préjugés ? releva-t-il d'un ton devenu soudain étrangement calme.

Une petite voix chuchota à Morgana de prendre garde, mais elle était bien trop aveuglée par la colère et par l'étrange excitation que cet homme provoquait en elle pour y prêter attention.

— Absolument, et vous le réaliseriez si vos capacités intellectuelles étaient un peu moins limitées !

Là c'était la goutte d'eau qui faisait déborder le vase. Déterminé à lui donner une bonne leçon, Malcolm saisit alors brutalement ses poignets, l'attira contre lui et comprit aussitôt son erreur. Le simple contact du corps de la jeune fille contre le sien éveilla si brutalement son désir que son cœur se mit à battre à grands coups irréguliers.

— Qu'est-ce... qu'est-ce que vous faites ? s'écria Morgana les yeux écarquillés.

— J'attends que vous me présentiez des excuses, miss Charbrey...

— Alors vous risquez d'attendre longtemps, milord, fit-elle en levant fièrement le menton.

Bon sang ce que cette gamine pouvait être insolente ! Insolente et foutrement belle…

— Vraiment ? fit-il tandis qu'elle essayait sans succès d'échapper à son emprise.

— Vous me faites mal ! gronda-t-elle en serrant les dents.

— Vos excuses…, miss Charbrey, répéta-t-il, partagé entre le désir irrésistible qu'il avait de l'embrasser et celui qu'il avait de l'étrangler.

— Jamais ! s'écria-t-elle en lui assenant un violent coup de pied dans le tibia.

Malcolm grimaça douloureusement et sentit ses derniers scrupules s'envoler.

— Ça, vous allez me le payer, mon cœur, fit-il avant d'écraser ses lèvres sur les siennes.

La faim qu'il avait d'elle, le goût de sa bouche sucrée, la douceur de sa langue et la chaleur de ses mains sur son corps noyèrent aussitôt Morgana dans une myriade de sensations auxquelles elle n'était absolument pas préparée. Tétanisée, incapable de penser, submergée par une étrange vague de plaisir qui réduisait ses défenses à néant, elle poussa un gémissement puis s'abandonna si totalement et si sensuellement au rythme envoûtant du baiser de Malcolm que le comte sentit son corps brutalement s'embraser.

— Morgana…, grogna-t-il d'une voix rauque dans un ultime sursaut de volonté.

Elle ouvrit les yeux puis battit doucement des cils, le souffle court et les joues rouges.

— Oh…

Elle était si sensuelle et si troublante que Malcolm jura à mi-voix.

— J'aime la manière que vous avez de vous faire pardonner, mon cœur, dit-il en caressant le contour de ses lèvres.

Morgana ne put s'empêcher de frémir mais parvint néanmoins à échapper à son étreinte.

— Me faire pardonner ? Je crois que si quelqu'un a à se faire pardonner quelque chose, c'est plutôt vous, lord Greenwald, fit-elle dans un sursaut d'orgueil.

— Là, ma chère, vous vous égarez.

— Comment osez-vous ?! Vous avez brisé les espoirs de ma sœur puis vous m'avez malmenée et embrassée contre ma volonté...

Lord Greenwald ne montra pas le moindre signe d'embarras mais la fixa avec un sourire taquin qui fit bondir son cœur.

— Morgana, vous pouvez prétendre ne pas avoir apprécié ce baiser, nous savons parfaitement, vous et moi, ce qu'il en est.

— Pardon ?

— Vous avez répondu à mes avances avec tellement de fougue que j'ai eu toutes les peines du monde à me rappeler qui vous étiez et à ne pas vous faire mienne contre l'un des murs de ce bureau.

Morgana s'empourpra violemment.

— Est-ce ainsi que vous vous adressez aux femmes respectables, monsieur ?

Il s'esclaffa.

— Non, c'est ainsi que je m'adresse aux petites pestes impudentes et sans manières.

— On m'a dit beaucoup de choses sur vous, milord, mais certainement pas que vous étiez bon juge en matière d'éducation !

Puis elle se dirigea vers la porte et sortit fièrement en la claquant violemment derrière elle.

Malcolm se figea un instant, les yeux rivés vers le seuil puis éclata de rire. « Bon juge en matière d'éducation ? » Décidément, cette fille était totalement impossible ! Comment et dans quelles conditions le comte Charbrey l'avait-il élevée, cela restait un mystère. En tout cas, elle ne pouvait pas être totalement anglaise. Aucune jeune fille de ce pays n'était aussi inconvenante, irrespectueuse et ne possédait un caractère aussi emporté. Non, elle avait très certainement des racines écossaises, un tempérament pareil ne pouvait pas le tromper. Et on ne pouvait pas dire que ça lui déplaisait.

— Clark !

Son secrétaire se présenta aussitôt sur le seuil de la porte.

— Oui, milord ?

— Rattrapez la jeune lady qui vient si bruyamment de sortir de ce bureau et suivez-la discrètement.

Clark ne montra aucun signe d'étonnement. Habitué aux lubies du comte, il se contentait de lui obéir avec discrétion et avait sagement renoncé à comprendre ses motivations.

— Que désirez-vous apprendre, Monsieur ?

— Je veux savoir où elle réside, avec qui et si elle compte passer toute la saison à Londres.

— Très bien. Comment se nomme la jeune demoiselle, milord ?

— Charbrey, Morgana Charbrey.

— Charbrey ? Comme le comte ?

— En effet. Faites vite et ne vous laissez pas semer, Clark.

Chapitre 6

Morgana était mortifiée. Comment avait-elle pu se comporter de manière aussi inconvenante ? C'était à n'y rien comprendre... L'excitation et le désir avaient déferlé si violemment en elle lorsque cette brute l'avait embrassée qu'elle avait perdu toute mesure. Pire, elle avait adoré la caresse impérieuse de sa langue, la chaleur de ses mains, la puissance de ses bras...

— Morgana ? Morgana !

Plongée dans ses pensées et complètement perturbée, la jeune fille continuait à marcher droit devant elle sans prêter attention au petit phaéton de lady Carrington qui roulait à ses côtés ou aux grands signes de bras de Rosalie qui cherchait à attirer son attention.

— Mor-ga-na ! l'appela-t-elle plus fort.

Sursautant, elle tourna enfin la tête.

— Oui ?

— Tout va bien ? demanda Rosalie d'un ton inquiet.

— Tout va parfaitement bien, ne t'en fais pas, fit-elle en avançant vers l'attelage.

— Tu as une mine étrange, remarqua Rosalie quand sa sœur fut installée près d'elle. Le comte n'a pas été trop discourtois, j'espère ?

Morgana baissa la tête d'un air gêné.

— Non… non… je… enfin nous avons échangé quelques propos fort désagréables mais…

— Je m'en doutais, cet homme… cet homme était… Oh Morgana, je m'en veux terriblement !

Les yeux de la jeune fille étaient encore gonflés des larmes qu'elle venait de verser et elle reniflait discrètement, le nez caché derrière son mouchoir.

— Ne parlons plus de tout cela si tu veux bien.

— Mais je veux te remercier d'être venue avec moi. Sans toi, je ne sais vraiment pas ce que j'aurais fait face à ce… à ce… Oh et je n'ai même pas de mot pour le qualifier !

Morgana ne put s'empêcher de sourire.

— C'est parce que je t'ai trop bien élevée pour le prononcer à voix haute, mais moi je dirais : fat, suffisant, antipathique, condescendant, méprisant…

Rosalie laissa échapper un petit rire cristallin.

— Voilà qui est fort bien dit !

— N'est-ce pas ?

En arrivant chez leur tante, Rosalie partit immédiatement se réfugier dans sa chambre et Morgana dut se résoudre à se rendre seule dans le petit salon où lady Carrington l'attendait.

— Ah Morgana, enfin ! Dites-moi tout, comment cette entrevue avec le comte Greenwald s'est-elle passée ?

— À vrai dire, pas très bien ma tante, répondit la jeune fille en avançant vers elle.

Elle lui raconta brièvement l'accueil que lord Greenwald leur avait fait, puis la réaction déplaisante qu'il avait eue lorsque Rosalie lui avait avoué s'être fait passer pour un homme afin de le convaincre de l'éditer.

— C'est bien ce que je craignais. Toutefois, je m'étonne qu'avec votre caractère emporté vous n'ayez pas provoqué un esclandre...

— Oh ne vous étonnez pas ma tante, j'ai tout de même dit à ce monsieur la piètre opinion que j'avais de lui juste après que Rosalie s'est enfuie, admit Morgana.

— Fort bien et comment a-t-il réagi ?

La jeune fille hésita puis avoua tout bonnement la vérité. Sa tante possédait la même curieuse vision du monde et les idées aussi larges que Morgana et elle était la seule personne à laquelle elle pouvait se confier sans crainte d'être jugée.

— Il a paru d'abord furieux puis il m'a embrassée.

Elle écarquilla les yeux de surprise puis pouffa bruyamment.

— Ah décidément, ce cher Malcolm ne changera jamais ! Et quel effet cela vous a-t-il fait ?

— Pour être franche, j'ai trouvé l'expérience plutôt... intéressante.

Lady Carrington redoubla d'hilarité.

— Intéressante ? Savez-vous ma chère nièce que des nuées entières de femmes brûleraient en enfer pour un seul de ses baisers ?

Morgana écarquilla les yeux.

— En enfer ? Euh... là, je crois que c'est franchement exagéré.

— Ne me dites pas qu'il n'a pas su éveiller vos sens ?

En se rappelant la vague de désir qui l'avait submergée, Morgana ne se sentit pas la force de nier.

— Si. Je dois dire que j'ai éprouvé des sensations plutôt...

— Indécentes ?

— C'est cela même. On se tenait l'un contre l'autre à bout de souffle, moites, tremblants...

Lady Carrington tressaillit et cessa pour la première fois de sourire.

— À bout de souffle, moites... Vous voulez dire *tous les deux ?*

— Oui, mais je suppose que c'est comme ça que ça doit être, non ?

— Non, Morgana, ce n'est pas toujours comme ça et certainement pas pour un homme de l'expérience de Malcolm Greenwald. Prenez garde, ma nièce, si le comte Greenwald est un dévoyé, ce n'est pas un suborneur. Si vous lui faites perdre la maîtrise de lui-même et qu'il vous compromet, l'honneur lui commandera de vous épouser.

Elle écarquilla les yeux, horrifiée, puis hocha doucement la tête.

— Je comprends. Cependant il est inutile de vous inquiéter, je ne reverrais probablement jamais ce monsieur et, même si c'était le cas, je suis certaine qu'il méprise bien trop ma conduite pour s'abaisser de nouveau à me parler ! dit-elle en ressentant un étrange pincement au cœur qu'elle ne parvenait pas tout à fait à s'expliquer.

Lady Carrington pouffa aussitôt.

— Vous avez tant de choses à apprendre sur les hommes, Morgana, tant de choses que je ne sais par où commencer !

— Eh bien par les plus drôles et les plus indécentes, j'imagine, suggéra Morgana en souriant avec espièglerie.

Lady Carrington sourit.

— Je demande à Chambers de nous apporter une tasse de thé et des petits gâteaux ?

Morgana afficha une moue gourmande.

— Plein de petits gâteaux.

Chapitre 7

— Ainsi, elle réside chez lady Carrington ? fit Malcolm.

Le secrétaire particulier du comte sourit.

— En effet, Monsieur. Lady Carrington est la tante de miss Charbrey et il semble que la jeune demoiselle se soit installée chez elle durant son séjour à Londres.

— Qu'avez-vous appris d'autre ?

— Peu de choses malheureusement…

Lord Greenwald haussa un sourcil surpris.

— Cela ne vous ressemble pas, Clark. D'habitude vos rapports sont toujours fort complets.

— En effet et je le déplore, Monsieur… Voyez-vous, j'ai suivi l'une des domestiques au marché, j'ai entamé la conversation avec cette fille de cuisine, au demeurant fort plaisante…

— Vous vous égarez, Clark.

— Oui milord. Cette jeune personne m'a révélé que les nièces de sa patronne venaient d'arriver à Londres et que la maison était totalement en effervescence car la jeune Rosalie Charbrey allait bientôt faire ses débuts dans le monde…

— Elle n'a parlé que de Rosalie Charbrey ? Vous en êtes certain ?

— Oui, Monsieur.

— Que vous a-t-elle confié d'autre ?

— Eh bien, c'est justement là le problème, milord : rien.

— Comment cela « rien » ?

— Vous pensez bien que j'ai essayé de la faire parler des petits secrets de la famille Charbrey, de ces petites choses que les patrons cherchent à tout prix à cacher, mais plus j'insistais, plus la fille se refermait comme une huître et à la fin elle n'a plus dégoisé un seul mot.

Malcolm fronça les sourcils.

— Avez-vous tenté de la soudoyer ?

— Ça aurait été inutile. Aussi curieux que cela paraisse, il semble que le personnel de la généreuse et dispendieuse lady Carrington lui soit terriblement attaché.

Malcolm soupira en lui lançant un regard réprobateur.

— Tout a un prix, Clark, le montant de la loyauté est simplement un peu plus élevé...

— Certes et si j'avais su que Votre Grâce accordait à ces renseignements un si vif intérêt, je n'aurais probablement pas hésité.

Un aussi vif intérêt ? Malcolm réprima un grondement. Il trouvait déplaisant de l'admettre mais c'était la vérité. Depuis qu'elle était partie comme une furie après avoir claqué la porte de son bureau, Morgana Charbrey occupait ses pensées. Où qu'il aille, quoi qu'il fasse, il ne parvenait même plus à se concentrer.

— Je vous remercie, vous pouvez vous retirer, Clark.

— Bien, milord.

Une fois qu'il fut parti, Malcolm enfila rapidement sa redingote et ses gants puis regagna l'attelage qui l'attendait. Une vingtaine de minutes plus tard, son cocher le déposait au pied de la demeure de lady Carrington.

— Bonjour, je suis le comte Greenwald. Pouvez-vous m'annoncer à lady Carrington et à lady Morgana Charbrey, je vous prie ? déclara-t-il d'un ton poli mais qui ne souffrait pas de discussion.

Chambers afficha aussitôt une mine navrée.

— Je suis désolé, lady Carrington est actuellement absente, milord.

— Mais lady Morgana est bien ici, n'est-ce pas ?

Chambers hocha la tête puis se déplaça légèrement afin de le laisser entrer.

— Je vais avertir miss Charbrey immédiatement de votre visite, milord.

L'instant d'après, le majordome pénétrait dans le couloir semi-enterré menant à la grande pièce qui servait de salle à charbon.

— Lady Morgana ?

— Oui, Chambers ? fit-elle en levant un visage ruisselant de transpiration du rond de cuivre qu'elle fabriquait et en posant son marteau.

— Sa Grâce le comte Greenwald est ici milady. Je lui ai dit que lady Carrington était absente or il insiste et demande à ce que vous lui fassiez la faveur d'accepter de le recevoir.

Une bouffée d'angoisse étreignit tout à coup la poitrine de Morgana.

— Le comte Greenwald ? Vous parlez bien de lord Malcolm Greenwald, Chambers ? demanda-t-elle tandis qu'elle sentait son pouls s'emballer et des battements lui marteler les tempes.

— En effet, mademoiselle.

Non, non, elle ne se sentait pas la force de le recevoir, pas après ce qui s'était passé entre eux, c'était tout bonnement impossible. Bon sang mais que venait-il donc faire ici ? N'avait-il aucune pitié ? Il devait bien se rendre compte pourtant de l'embarras qu'elle ressentirait de se trouver à nouveau seule en sa présence.

— Vous a-t-il fait part de la raison de sa visite ?

— Non, mademoiselle, mais le comte tient un paquet sous son bras.

— Un paquet ?

— Oui, mademoiselle.

— Bon, écoutez, Chambers, dites au comte que je suis souffrante, que je ne puis le recevoir, enfin trouvez quelque chose de convaincant !

— Ne vous mettez donc pas en peine pour moi inutilement mon brave, je ne suis pas d'humeur à me faire éconduire, fit tout à coup lord Greenwald en pénétrant dans la pièce.

Morgana fronça les sourcils. Dans cette pièce exiguë, le comte avait l'air plus gigantesque et plus imposant que jamais. Un sourire éclairait son visage et ajoutait encore à sa séduction virile et à la perfection de ses traits. Elle sentit malgré elle les battements de son cœur s'accélérer. Mon Dieu, pourquoi fallait-il qu'il soit aussi incroyablement attirant ?

— Que diable faites-vous donc ici ? demanda-t-elle en essuyant les gouttes qui ruisselaient sur son front d'un revers de main.

— C'est exactement la question que je comptais vous poser, miss Charbrey, fit-il en balayant la pièce du regard puis en reportant son attention sur la robe maculée de taches de suie que portait la jeune femme.

Morgana se tourna immédiatement vers le majordome qui affichait clairement sa stupéfaction.

— Chambers, veuillez raccompagner Sa Grâce dans le petit salon, je vous prie.

Malcolm ricana et secoua la tête.

— C'est inutile Chambers, je n'ai pas l'intention de m'attarder. Je suis navré de vous avoir suivi mon brave, mais je me doutais de la réticence que miss Charbrey aurait à me recevoir et je ne voulais pas repartir sans lui avoir rendu en main propre ce paquet, dit-il en lui tendant l'étui qu'il tenait à la main.

— De quoi s'agit-il ?

— Cela appartient à votre sœur. Elle l'a oublié chez moi et j'ai pensé qu'elle souhaiterait le récupérer ou le proposer à un autre...

Morgana sentit une brusque colère l'envahir.

— Chambers, veuillez-nous laisser je vous prie, déclara-t-elle d'un ton autoritaire.

— Bien, milady, fit-il non sans avoir jeté au comte un regard plein de réprobation.

Une fois qu'il eut disparu dans les escaliers, Morgana se tourna vers Malcolm d'un air furieux.

— Vous... vous êtes odieux !

— Moi ? fit-il en feignant la surprise.

— Ne faites pas l'innocent. Comment osez-vous proférer des propos aussi ambigus au sujet de ma sœur ? Imaginez de quelle manière atroce Chambers ou toute autre personne pourrait interpréter de tels sous-entendus.

Il éclata de rire.

— Ne montez pas sur vos grands chevaux, Morgana, il ne s'agissait que d'une plaisanterie.

— Une plaisanterie ? Êtes-vous donc si inconséquent ? Ce genre de « plaisanterie » comme vous dites aurait tôt fait de détruire la réputation d'une jeune fille si elle était répétée. Mais que diable vous a donc fait ma sœur pour que vous vouliez lui nuire à ce point ?

— Oh je vous en prie, votre majordome est une vraie tombe, tout comme le personnel de cette maison et vous le savez parfaitement, fit-il en s'approchant si près d'elle que Morgana sentit son corps légèrement vaciller.

— Tant d'arrogance, de suffisance... et que feriez-vous si jamais vous vous mépreniez ? Qu'adviendrait-il alors de Rosalie ou de ses espérances ?!

Il eut un sourire en coin.

— Savez-vous à quel point vous êtes adorable lorsque vous vous mettez à hurler ?

Morgana tressaillit en prenant conscience que le comte la dévorait littéralement des yeux. Oh non, s'il imaginait un seul instant qu'elle allait une nouvelle fois succomber à son charme, il se fourvoyait complètement. Il avait beau la troubler intensément, elle était bien décidée à lui résister et à ne plus se livrer aux petits jeux auxquels il aimait visiblement s'adonner.

— Ne pouvez-vous donc rien prendre au sérieux ?! Ma jeune sœur compte beaucoup pour moi, lord Greenwald, et cela fait plusieurs heures qu'elle pleure enfermée dans sa chambre par votre faute. Alors gardez pour vous vos compliments car rien de ce que vous pourrez désormais dire ou faire ne pourra me convaincre de jamais vous pardonner !

Malcolm resta impassible mais une lueur rieuse s'alluma dans son regard.

— Dois-je comprendre que vous éprouvez à mon encontre une sorte de rancune ou d'hostilité ?

Morgana serra les poings en refrénant l'envie subite de le frapper.

— Je suppose que c'est un trait d'esprit ?

— Je le crains, en effet.

— Je vois. Puis-je savoir ce que nous vaut la joie de votre visite, milord, à part bien entendu le plaisir évident que vous prenez à me contrarier ?

— Je vous l'ai dit, je tenais à rendre à votre sœur son manuscrit.

Décidément cet homme est irrécupérable, songea-t-elle avant de lui tourner le dos puis de saisir son marteau.

— Fort bien, voilà qui est fait milord, je vous prierai donc de ne pas vous attarder et de quitter cette maison au plus vite ! fit-elle en cognant violemment le morceau de zinc posé sur le petit établi.

— Votre éducation est totalement à refaire, tout comme vos discutables manières, fit-il sans se départir de son sourire, et puisque nous parlons « de manières discutables », quelle est donc cette curieuse tâche à laquelle vous semblez si énergiquement vous employer ?

Elle continua à frapper plusieurs coups en l'ignorant puis, réalisant au bout d'une ou deux minutes qu'il n'avait toujours pas l'intention de s'en aller, se tourna finalement vers lui en soupirant :

— Je suis en train d'essayer de construire la pile d'Alessandro Volta telle qu'elle a été décrite dans ses récents travaux. Cette explication satisfait-elle votre curiosité ?

— Alessandro Volta ? Le chanteur d'opéra italien ?

Elle lui lança un regard méprisant.

— Non, le physicien.

Il eut un sourire en coin qui lui fit immédiatement comprendre qu'il se moquait d'elle.

— Suis-je censée rire ?

Il secoua la tête et prit un air d'excuse.

— Pardonnez-moi, Morgana, c'est plus fort que moi... Alors vous disiez que vous construisiez une « pile », c'est cela ?

— En effet. En réalité, le processus est simple, il suffit d'empiler des ronds de cuivre, des ronds de draps et de zinc et de les imprégner d'eau acidulée...

— Et quelle en est l'utilité ?

Elle le fixa étrangement.

— Êtes-vous féru de sciences ?

— Non, je l'avoue. Il eût été plus simple pour moi de converser sur la musique ou sur les arts... Mais pourquoi faut-il que vous ne vous adonniez pas comme n'importe quelle jeune fille à la peinture ou au piano ?

Elle s'esclaffa.

— Vous ne diriez pas ça si vous aviez eu l'occasion de m'entendre jouer...

Il ne put s'empêcher de sourire.

— Admettons. Mais enfin les sciences ! Voilà tout de même un choix des plus curieux et qui sied bien peu à l'esprit féminin !

Morgana grimaça, profondément irritée.

— À votre place, je refrénerais ma langue, lord Greenwald, ou je risque fort de vous la faire avaler, fit-elle durement en passant devant lui pour saisir un bout de cuivre posé un peu plus loin.

Elle se tenait si près de Malcolm maintenant qu'il pouvait respirer son odeur, une odeur délicieuse de fleur et de vanille, et il sentit aussitôt le désir lui tordre les entrailles.

— Je ne tenais nullement à vous offenser, je tenais simplement à...

Elle se tourna violemment vers lui en le fusillant du regard.

— À me rappeler la place qui est la mienne ?

Incapable de songer à autre chose qu'à sa peau blanche et soyeuse, à la chaleur de ses lèvres rosées, il traversa le peu de distance qui les séparait.

— Si c'était effectivement le cas, ma chère, vous seriez dans mes bras et je serais déjà en train de vous embrasser, affirma-t-il en plongeant ses yeux d'ébène dans les siens.

Un sentiment d'angoisse s'infiltra aussitôt en Morgana et l'air se chargea soudain d'électricité.

— J'espère qu'il s'agit encore d'une autre de vos élucubrations ? fit-elle sans trop y croire tandis qu'elle sentait son corps osciller instinctivement contre celui de Malcolm.

Il souleva doucement son menton et effleura doucement sa joue. Pitié non ! Pas encore ! songea Morgana en sentant une brusque panique la saisir et la tétaniser.

— Je n'ai pas cessé de songer à vous depuis ce matin, chuchota-t-il d'une voix si sensuelle qu'elle sentit tout son corps frémir comme s'il l'avait caressée.

Elle savait qu'elle devait réagir mais elle était comme hypnotisée, incapable de bouger et n'avait qu'une seule envie, sentir à nouveau la bouche rieuse de Malcolm prendre possession de la sienne.

— Morgana !

La voix de lady Carrington lui parvint au moment même où Malcolm baissait la tête vraisemblablement pour l'embrasser.

— Oui, ma tante, je suis ici ! répondit-elle en le repoussant sans ménagement.

— Il semble que vos prières aient été exaucées, mon ange, déclara Malcolm avec un sourire narquois.

Un bruit de frottement de tissus se fit entendre dans les escaliers.

— Je vous déteste, murmura-t-elle en lui jetant un regard noir avant que sa tante ne fasse son apparition.

— Vous ne m'en voudrez pas si j'ai un peu de mal à vous croire, répondit-il sur le même ton.

— Oh... lord Greenwald, Chambers vient de m'avertir que vous vous trouviez ici... Morgana, trouvez-vous que ce soit un endroit convenable pour recevoir nos invités ?

Malcolm se courba légèrement pour la saluer puis affirma avec une expression impassible.

— Ne réprimandez pas votre nièce, milady, en réalité, tout est de ma faute et je m'apprêtais à prendre congé.

Le regard de Morgana croisa celui de sa tante. Déterminée à ne rien laisser paraître de ce qui venait de se passer, la jeune femme acquiesça en souriant :

— Lord Greenwald est aimablement venu nous restituer le manuscrit de Rosalie que nous avons oublié, ma tante.

— Voilà qui est fort généreux de votre part milord et j'espère que vous ne nous tiendrez pas rigueur de cet étrange accueil, Morgana est parfois un peu fantasque...

— Non, pour être honnête, je trouve votre nièce absolument charmante et je regrette beaucoup de devoir vous laisser, avoua-t-il avec un sourire.

Lady Carrington haussa les sourcils.

— Vous vous en allez déjà ? Sans même prendre le thé ?

— Je suis navré de vous décevoir, j'ai malheureusement certaines obligations ce soir mais ce n'est que partie remise, je vous le promets...

— Je l'espère bien, mon cher, je l'espère bien…

Il la salua puis reporta son attention sur Morgana.

— J'ai été ravi de vous revoir miss Charbrey, fit-il en s'inclinant légèrement.

— Je vous mentirais si je vous disais que le plaisir a été partagé, rétorqua-t-elle.

— Morgana, voilà qui est fort discourtois, lui fit aussitôt remarquer sa tante.

Loin de se montrer vexé, Malcolm se contenta de rire puis, d'un hochement de tête, prit congé.

Lady Carrington attendit quelques instants pour s'assurer de son départ et se tourner vers Morgana en arborant un sourire hilare.

— Alors qu'attendez-vous donc pour me narrer en détail cette visite dont vous n'avez absolument pas envie de me parler ?

Chapitre 8

— Mon Dieu ! Morgana, mais où avez-vous donc trouvé une robe aussi austère ?

Morgana pouffa et se dirigea vers lady Carrington qui l'observait depuis le seuil de sa chambre.

— Je l'ai fait faire par ma couturière, ma tante. N'est-elle pas parfaite pour un chaperon ? demanda-t-elle en tournant rapidement sur elle-même.

La robe qu'avait fait confectionner Morgana était gris clair et d'une étoffe épaisse. Le col montant lui enserrait une bonne partie du cou et la coupe était suffisamment large pour qu'on ne puisse distinguer les courbes sensuelles de la jeune fille.

Lady Carrington se pinça les lèvres pour ne pas rire.

— Ma chère, personne, pas même un chaperon, ne porterait une tenue aussi hideuse !

— Je sais, ma couturière, Mlle Wilby, a failli s'évanouir lorsque je lui ai passé cette commande…

— Comme je la comprends !

— Au moins, personne ne risque de me remarquer, ni même de m'inviter à danser. Oui, cette tenue est exactement ce que je voulais…

— Ne rêvez pas, ma nièce, les hommes ne sont pas aveugles, et une beauté comme la vôtre, même sans apprêt, ne saurait échapper à leurs regards acérés.

Puis elles descendirent toutes deux lentement les escaliers et rejoignirent Rosalie qui les attendait dans le hall de l'entrée. La jeune fille portait une ravissante robe de mousseline blanche, ses beaux cheveux châtains étaient joliment coiffés en un chignon souple et parsemé de perles, et elle était si gracieuse dans son maintien et dans ses expressions que Morgana ressentit soudain une gigantesque bouffée de fierté.

— Oh Rosalie, tu es merveilleuse ! s'exclama-t-elle.

— Merci, répondit-elle en rougissant avant de lui lancer un regard sévère, mais peux-tu me dire ce que tu fabriques, toi, dans cet horrible accoutrement ?

— Ne me dis pas que tu n'aimes pas ma tenue ?

Rosalie pivota aussitôt vers lady Carrington.

— Ma tante, je vous en prie, aidez-moi à la convaincre de se changer.

Mais contrairement à ses attentes, lady Carrington secoua la tête.

— N'oubliez pas, ma chère nièce, que Morgana a la réputation d'être une vieille fille malade qu'une légère rémission autorise depuis peu à voyager et qu'elle doit vous tenir lieu de chaperon. Je trouve pour ma part ce déguisement tout à fait adapté.

Rosalie déglutit puis soupira d'un air gêné.

— Oh mon Dieu, je n'ose croire que je vais participer à une telle mascarade !

Lady Carrington fronça les sourcils.

— Cette « mascarade », comme vous dites, permet à votre sœur de vivre comme elle l'entend sans être harcelée par une horde de prétendants et de coureurs de dot. Pour être franche, ni votre oncle ni moi n'avons réellement réfléchi lorsque nous avons inventé cette histoire, nous voulions simplement avoir la paix et que nos fréquentations cessent de nous demander à tout bout de champ pour quelle raison Morgana n'avait pas encore fait ses débuts dans le monde.

— Pourquoi ne pas avoir dit la vérité et qu'elle ne voulait pas se marier ?

— Vous plaisantez, mon enfant ? Ils en auraient tout de suite déduit qu'elle avait été compromise, qu'elle avait des problèmes mentaux ou une autre sottise du genre.

Puis elle enfila une paire de gants et se dirigea vers la porte promptement avant d'ajouter :

— Allons-y, nous risquons d'être en retard et de fâcher notre hôtesse, lady Walbert. Cette chère Carolina est si remontée en ce moment que, même moi, j'évite de la contrarier.

— Et pourquoi évitez-vous donc de contrarier lady Walbert en ce moment, ma tante ? demanda Morgana en franchissant le seuil de la maison.

— Le marquis son époux a une nouvelle maîtresse, une jeune beauté qui coûte fort cher à ce qu'on dit et Carolina qui désirait un nouvel attelage se l'est vu, par conséquent, refusé. Autant vous dire qu'elle est extrêmement désappointée, fit-elle tandis qu'un laquais l'aidait à grimper dans leur voiture.

— Peut-être devrait-elle prendre un amant à son tour, ça la distrairait, suggéra Morgana en s'installant en face d'elle.

— C'est aussi son avis. On prétend qu'elle a d'ores et déjà jeté son dévolu sur un séduisant lord mais que ce coquin prend un malin plaisir à se faire désirer, déclara-t-elle en riant tandis que Rosalie affectait, embarrassée, de s'intéresser au paysage qui défilait sous ses yeux.

— De qui s'agit-il ?

— Je ne le sais pas encore et c'est la raison pour laquelle je ne veux pas manquer une miette de cette soirée, déclara d'un ton ferme lady Carrington.

— Et comment pouvez-vous être sûre que ce gentleman sera là ?

— On voit que vous ne connaissez pas la ténacité et l'esprit de persuasion de lady Walbert, Morgana. Il sera là, je vous le garantis.

Morgana sourit intérieurement. Cette soirée n'allait peut-être pas être si ennuyeuse qu'elle le pensait finalement. Grâce à sa tante et à son goût pour les ragots, il se pouvait même qu'elle s'amuse. Oh bien sûr, rien de comparable avec une soirée d'observation et de recherche dans son laboratoire ou derrière son télescope, mais peut-être pas si déprimante que ça tout compte fait.

En entrant dans la splendide demeure du marquis de Walbert, Morgana laissa immédiatement errer son regard sur la salle de réception. Sur le côté gauche se tenaient les vieilles douairières qui commentaient, derrière leurs éventails, l'entrée de chaque arrivant, à droite, un groupe de huit jeunes filles gloussant sous le regard exaspéré de leur mère et au centre une quinzaine de couples dansant avec autant de légèreté que de grâce.

— C'est magnifique, chuchota tout à coup Rosalie à sa sœur.

Morgana ne put s'empêcher de sourire devant l'excitation et les yeux luisants de plaisir de la jeune fille.

— Je t'avais dit que ça te plairait...

Morgana elle-même était impressionnée par la splendeur de la salle de bal, ses rangées de lustres étincelants, son parquet ciré et ses longues banquettes de velours.

— Mes chères nièces, venez que je vous présente, notre hôtesse bout littéralement d'impatience à l'idée de vous rencontrer, déclara brusquement lady Carrington en les rejoignant accompagnée d'une très jolie femme blonde à la taille fine et au sourire charmeur.

— Alors voici donc vos adorables nièces, Agatha ?

— En effet, je vous présente Rosalie et Morgana Charbrey.

— Lady Walbert, la salua Rosalie.

Lady Walbert la dévisagea longuement d'un air approbateur puis reporta son attention sur Morgana.

— Morgana va servir de chaperon à sa sœur, cette saison, crut bon d'expliquer lady Carrington tandis que son amie examinait d'un air surpris la tenue de sa nièce.

— Oui... oui, bien entendu, se reprit-elle aussitôt. Ma chère enfant, nous sommes ravie que votre état de santé se soit amélioré et de vous avoir parmi nous.

— Merci, lady Walbert, répondit sobrement Morgana.

— Et vous, ma chère Rosalie, je suis certaine que vous allez faire sensation.

Puis elle se tourna vers lady Carrington.

— Si mes prédictions sont exactes et je me trompe rarement, votre nièce ne va pas tarder à devenir la débutante la plus prisée de Londres.

— Rosalie est une Charbrey, je n'ai jamais envisagé qu'il puisse en être autrement, déclara lady Carrington en souriant.

Comme pour leur donner raison, Rosalie fut dans l'heure qui suivit assaillie par une flopée de jeunes gens bien décidés à attirer son attention et à remplir son carnet de bal. C'en était même arrivé à un point où la jeune fille ne savait plus du tout où donner de la tête.

— Viens à mon secours, je t'en prie, j'ai cru que lord Boyd et lord Menfield allaient finir par se battre pour être le premier à me rapporter une stupide coupe de champagne, soupira Rosalie en entraînant sa sœur vers l'immense buffet qui se trouvait au fond de la pièce.

Morgana lui sourit d'un air espiègle.

— Ma chérie, ne te plains pas, tu as l'embarras du choix ; ce n'est pas le cas de toutes les débutantes, regarde autour de toi.

Rosalie tourna son regard vers un groupe de trois jeunes filles qui la fusillaient littéralement des yeux. Puis soupira.

— J'ai l'horrible sensation qu'elles me détestent.

— Elles sont simplement jalouses de ton succès. L'un de ces beaux partis a-t-il retenu ton attention ? demanda Morgana d'un ton curieux.

— Lord Menfield est très joli garçon et il se montre fort agréable, je l'avoue, fit-elle en rougissant.

— Tu es sûre de ne pas lui préférer lord Clawrence ? fit-elle en lui montrant discrètement le bel homme brun aux yeux gris-vert qui les observait discrètement. Il est riche, beau garçon, fils de marquis…

Rosalie se mit à rire et l'interrompit aussitôt.

— Morgana, lord Clawrence est le plus charismatique et le plus séduisant de tous, je te l'accorde, mais ce n'est pas moi qu'il dévore littéralement des yeux depuis une heure, ni moi qui le captive par ma conversation.

Morgana écarquilla les yeux.

— Que vas-tu donc imaginer ? Nous avons simplement échangé quelques banalités…

— Cesse donc d'être aveugle, Morgana. Ta tenue a beau être hideuse et ta situation de vieille fille clairement établie, tu es la plus ravissante de toutes les femmes présentes ici et lord Clawrence est totalement subjugué.

— Je crois que tu te fais des idées…

— Oh non, d'ailleurs, je pense que tous ici l'ont remar…

Elle s'interrompit et blêmit brusquement.

— Oh mon Dieu, Morgana, regarde qui vient d'arriver…

Morgana tourna la tête puis sentit les battements de son cœur s'accélérer malgré elle. Vêtu d'un magnifique costume de soirée noir et d'un élégant gilet bordeaux, le regard magnétique, le port altier, lord Greenwald avançait vers leur hôtesse, lady Walbert, avec un sourire charmeur.

— Calme-toi, ma chérie. Avec toutes ces femmes qui se pâment et meurent d'envie d'attirer son attention, il aura bien trop à faire pour perdre son temps à venir nous tourmenter, répondit-elle en observant avec étonnement la manière indécente et provocatrice qu'avait lady Walbert de le contempler.

— Te rends-tu compte de ce qui se passera si cet odieux personnage révèle ce que j'ai fait ?

Morgana haussa les épaules.

— Comme je te l'ai dit, tu n'as pas commis de crime. Il n'y a rien de honteux à vouloir être éditée ni même à utiliser un pseudonyme, de nombreux auteurs ne s'en sont pas privés et n'ont pas été conspués pour autant.

Rosalie grimaça un sourire.

— Il n'empêche que je trouve ça terriblement embarrassant.

— Rosalie, tu devrais aller rejoindre lord Menfield ainsi que tes autres prétendants *maintenant*, lui conseilla-t-elle en réalisant que lord Greenwald se dirigeait droit vers elle.

Rosalie pâlit en croisant le regard perçant du comte puis s'éclipsa comme par enchantement.

— Quel drôle de déguisement vous avez là, miss Charbrey. Si vous voulez mon avis, votre couturière tout comme votre coiffeuse mériteraient d'être flagellées, lança-t-il.

— Tout comme votre tailleur, milord. Cette tenue vous donne l'aspect d'un paon endimanché, rétorqua-t-elle en souriant d'un ton acide.

En réalité, il était magnifique et elle avait toutes les peines du monde à le quitter des yeux, de même que leur hôtesse lady Carolina Walbert qui les observait d'un air crispé.

— Ma chère, si vous n'appréciez pas mes vêtements, je me ferai un devoir de les ôter, il vous suffit d'en émettre le souhait.

Elle s'esclaffa.

— Je doute que notre hôtesse ait prévu ce genre de divertissements. Toutefois si cela vous sied, faites donc et mettez-vous à votre aise, je suis certaine que ces dames ne pourront qu'apprécier !

— Et que devrions-nous donc apprécier, miss Charbrey ? demanda soudain lady Walbert en s'immisçant brusquement dans leur conversation.

— Lord Greenwald vient de lancer quelques suggestions pour égayer votre soirée, lady Walbert, répondit Morgana d'un ton narquois.

— Vraiment ? Comme c'est adorable de votre part, mon cher, fit-elle en lui adressant un sourire enjôleur avant de se tourner de nouveau vers Morgana. Miss Charbrey, lord Clawrence vient de me demander si je consentirais à tenir compagnie à votre sœur, il souhaite vous inviter à danser.

M'autorisez-vous à accepter ? De vous à moi, je crois que vous l'avez littéralement ensorcelé.

— Oh Seigneur ! il y a vraiment des hommes que rien ne saurait décourager, ironisa Malcolm en jetant un regard appuyé à la tenue de la jeune fille.

Morgana ignora la remarque désobligeante du comte et répondit très gentiment :

— Je vous remercie, milady, et j'accepte volontiers. Je crains simplement que lord Clawrence ne regrette très vite sa témérité, je n'ai pas dansé depuis des années.

— Ne vous inquiétez pas, je suis sûre que vous vous débrouillerez fort bien, déclara-t-elle avant de glisser son bras sous celui de la jeune fille et de l'entraîner en direction de l'endroit où lord Clawrence l'attendait.

À peine avaient-elles tourné le dos que le duc de Langford, un bel homme blond au regard intelligent, rejoignait Malcolm et lui déclarait d'un ton réprobateur :

— Je te savais un homme dur et peu respectueux des usages, Greenwald, mais je n'aurais jamais pensé que tu puisses faire preuve d'autant de cruauté.

— De cruauté ? Ah, tu as entendu notre conversation ? Ne t'inquiète pas pour miss Charbrey, John, cette petite peste est de taille à se défendre.

— Dans sa situation ? J'espère que tu plaisantes, mon cher...

— Que veux-tu dire ?

Le duc l'observa d'un air perplexe.

— Tu n'es pas au courant ?

— De quoi parles-tu ?

Lord Langford soupira et dit doucement :

— On dit miss Charbrey très malade, Malcolm. Cette jeune fille a une santé des plus précaires et qui la contraint à rester la plupart du temps alitée. Elle ne pourra jamais se marier et on chuchote que cette saison sera probablement la première et la dernière à laquelle elle pourra assister.

— Si c'est une plaisanterie, je la trouve fort déplaisante, répondit le comte, tandis qu'une sueur froide glissait le long de son dos.

— Ce n'est pas le cas. La jeune fille profite d'une rémission pour accompagner sa sœur et la chaperonner. Dès que la mission sera remplie et Rosalie Charbrey dûment fiancée, elle rentrera chez elle pour ne plus en bouger.

Lord Greenwald sentit brusquement son sang se figer. Morgana ? Malade ?

— Je ne peux y croire, es-tu sûr de ton fait ? demanda-t-il d'une voix blanche.

— Je ne suis pas médecin, je ne peux que te répéter ce que l'on dit et que tout le monde sait.

— Tu sais ce que je pense de ce genre de ragots, Langford. Je ne peux croire qu'une jeune fille aussi énergique que miss Charbrey soit aussi souffrante que tu le prétends.

— Tu ne peux ou tu ne veux y croire, Greenwald ?

— Les deux. Et si tu avais rencontré l'impétueuse et irrévérencieuse Morgana Charbrey, crois bien que je ne serais pas le seul à en douter.

Le duc de Langford observa Morgana. Elle avait fini sa danse avec lord Clawrence et souriait de manière adorable à tous ceux ou celles qui l'entretenaient. Elle dégageait douceur, grâce et modestie comme n'importe quelle jeune fille bien née de la haute société.

— Tu te moques ?

— Non, c'est elle qui se moque de nous. Ça, fit-il en la désignant, ce n'est pas Morgana Charbrey, en tout cas, pas celle que je connais.

— Que tu connais ?

Un soupçon naquit immédiatement dans la tête du duc de Langford. Serait-il possible que ce coureur de jupons, ce libertin de Greenwald s'intéressât sincèrement à une femme dont on disait que la vie ne tenait qu'à un fil ?

— Malcolm, tu as conscience que t'attacher à cette demoiselle serait pure folie, n'est-ce pas ? demanda le duc d'un ton inquiet.

Greenwald haussa les sourcils d'un air agacé.

— Je n'entends rien à tes propos Langford. As-tu bu ? Y a-t-il une raison particulière qui t'ait fait penser que miss Charbrey pouvait m'intéresser ?

Le duc qui connaissait bien son ami hocha doucement la tête.

— Je te connais depuis bien trop longtemps pour que tu me mentes, Malcolm. Aussi je préfère être franc, tomber amoureux d'une femme et la perdre est la pire chose que l'on puisse vivre, je ne le souhaiterais pas à mon pire ennemi et encore moins à mon meilleur ami.

Le duc avait été marié durant deux ans à une femme qu'il adorait et qui était malheureusement morte en couches ainsi que leur enfant. Malcolm avait été de tous ses amis celui qui l'avait soutenu le plus, y compris dans les moments difficiles où il avait totalement perdu pied. Ni l'un ni l'autre ne l'avait oublié.

— Je sais parfaitement tout ça, John, mais je ne comprends pas pourquoi tu t'alarmes. La demoiselle m'intrigue, il est vrai, mais je n'ai pas l'intention de faire la cour à une débutante. Enfin mon cher, tu me connais..., dit-il d'un ton faussement léger.

— Et c'est pourquoi je te mets en garde, soupira le duc avant de s'éloigner vers une ravissante femme rousse qui cherchait depuis quelques minutes à attirer son attention.

Malcolm resta figé durant plusieurs minutes, le regard rivé sur Morgana, qui dansait, à se demander pour quelle raison il se sentait aussi perturbé. Après tout, il la connaissait à peine, la jeune fille n'était qu'une étrangère à ses yeux et le fait qu'elle soit gravement malade ne le concernait en rien. Mais il avait beau se sermonner, il ne parvenait pas à contrôler l'angoisse qui le tenaillait, pas plus que le sentiment de jalousie qu'il éprouvait en voyant un autre homme la tenir dans ses bras. C'était ridicule, il en avait conscience, mais la voir sourire à lord Clawrence et pencher sa jolie tête près de sa joue pour lui parler le rendait complètement fou. Bon sang, ne pouvait-elle pas cesser de minauder un instant ? Se rendait-elle compte des regards concupiscents que son cavalier portait sur elle en dépit de ses oripeaux ?

— Ils forment un joli couple, n'est-ce pas ? lui fit remarquer lady Walbert en se plantant près de lui.

— Je ne trouve pas, rétorqua-t-il d'une voix sèche.

— Ah non ? Je ne vous trouve pas très objectif. Ils sont tous deux très beaux, fortunés, de même condition…

— Je ne me doutais pas que vous possédiez des talents d'entremetteuse, marquise, fit-il avec un sourire narquois.

— Vous avez déjà rencontré miss Charbrey, n'est-ce pas ?

— Que cherchez-vous à insinuer ? demanda-t-il d'un ton glacial.

— Vous la connaissez. Je l'ai compris à la façon dont vous vous êtes parlés, à la manière indécente dont vous la dévisagez. Regardez-vous mon cher, vous ne parvenez même pas à la quitter des yeux !

Malcolm devait bien reconnaître que lady Walbert n'avait pas tout à fait tort. Il ne pouvait effectivement pas quitter Morgana des yeux. Cette gamine avait mis le feu à ses sens comme aucune femme avant elle et il n'avait aucune prise sur le brasier qu'elle avait allumé et qui, depuis, le consumait.

— J'aime les jolies femmes, et Morgana Charbrey appartient sans conteste à cette catégorie.

— Oui. Je dois reconnaître qu'elle ressemble beaucoup à sa mère, la divine et scandaleuse lady Berenyce. Je l'ai rencontrée une fois lorsque j'étais enfant, à l'époque où certains la considéraient comme l'un des plus beaux joyaux d'Angleterre... une réputation fort surfaite, si vous voulez mon avis...

Réalisant que le morceau de danse venait de se terminer, Malcolm ne prit pas la peine de répondre à la remarque pleine de fiel de son hôtesse et se dirigea directement vers le jeune couple qui commençait à s'éloigner vers le buffet.

— Allez, miss Charbrey, encore une danse. La dernière, c'est promis, disait en riant lord Clawrence.

— Non, milord, je me dois maintenant de rejoindre ma tante et ma sœur, je me suis absentée bien assez longtemps, entendit-il Morgana répondre.

— Mais votre sœur va certainement danser elle aussi, vous pourrez ainsi la surveiller à loisir !

— Votre cavalière est fatiguée, Clawrence. Peut-être serait-il judicieux de la laisser se reposer ? intervint aussitôt Malcolm d'un ton sec en arrivant près d'eux.

— Greenwald..., fit lord Clawrence en le saluant sèchement.

— Que diriez-vous d'aller chercher un rafraîchissement à miss Charbrey pendant que je l'emmène faire un tour sur la terrasse, mon vieux ? lança Malcolm en affichant un sourire arrogant.

— Sur la terrasse ? Avec vous ? Certainement pas ! s'exclama Morgana aussitôt.

— Pourquoi pas ? Je peux me montrer d'excellente compagnie, vous savez ? fit-il en glissant son bras sous le sien en se souciant comme d'une guigne de son refus.

— Lâchez-moi. Lâchez tout de suite mon bras, cracha Morgana en le fusillant du regard.

— Vous perdez la tête, Greenwald ? Qu'est-ce qui vous prend ? réagit aussitôt lord Clawrence.

— Mêlez-vous de ce qui vous regarde et allez donc nous chercher ce fichu champagne, mon vieux, rétorqua Malcolm.

— Certainement pas, cette jeune lady est sous ma protection !

— Votre protection ? Voyez-vous ça... Écoutez, je ne voulais pas en arriver là, mais puisque vous ne me laissez pas le choix... Que diriez-vous de régler cela maintenant, entre hommes ? proposa Malcolm en retroussant ses manches.

— Vous n'allez tout de même pas vous battre ? murmura Morgana soudain affolée.

— Miss Charbrey, je ne vois pas d'autre solution que d'infliger une sévère correction à ce sinistre individu ! rétorqua fièrement lord Clawrence.

— Mais c'est absurde !

Lord Clawrence faisait au moins deux têtes et une quinzaine de kilos de moins que le comte, et Malcolm dégageait, en dépit de ses costumes et de ses manières élégantes, une sauvagerie et une puissance qui ne laissait aucun doute sur l'issue du combat.

— Laissez donc faire ce garçon, ma chère, après tout, s'il a des idées suicidaires, ça le regarde, rétorqua fièrement Malcolm d'un ton railleur.

Elle leva aussitôt un regard furieux vers lui.

— Il est hors de question, je dis bien hors de question que vous provoquiez un tel scandale, comte Greenwald, me fais-je bien comprendre ?

— Oui mon cœur. Maintenant, poussez-vous ! rétorqua-t-il avec un sourire amusé.

Morgana mourait littéralement d'envie de l'étrangler mais elle prit une profonde inspiration, compta lentement jusqu'à dix et dit avec un sourire forcé :

— Très bien, vous avez gagné, j'accepte de vous accompagner.

— Miss Charbrey, dit lord Clawrence, je vous assure qu'il n'est pas nécessaire de...

— Lord Clawrence, une rixe ici causerait un tort considérable non seulement à ma réputation mais aussi à celle de ma sœur, je vous en prie..., fit-elle en lui lançant un regard implorant.

— C'est vraiment ce que vous voulez ? demanda lord Clawrence en soupirant.

— Oui, fit-elle avec un sourire navré.

— Merveilleux ! Vous reconnaissez enfin que vous n'avez qu'une envie : vous retrouver seule avec moi ! lança Malcolm avec une expression narquoise qui donna brusquement envie à Morgana de le trucider.

— Monsieur, si j'ai envie de quelque chose, c'est de vous voir étendu raide mort à mes pieds, rétorqua-t-elle d'un ton sec.

— Je me plie à la volonté de miss Charbrey, Greenwald, mais je vous garantis que vous allez me payer ces méthodes indignes d'un gentleman, affirma-t-il durement.

— Ce sera où vous voudrez et quand vous voudrez, Clawrence... Pour l'instant, si vous voulez bien nous excuser, j'ai deux mots à dire à miss Charbrey, fit-il avant d'emmener Morgana vers la terrasse.

Lady Carrington, qui se tenait alors près de Rosalie, les suivit un instant des yeux tout comme leur hôtesse, lady Walbert, et une partie des invités.

— Oh mon Dieu, ma tante, ils ont pratiquement failli se battre, mais que s'est-il passé ? demanda Rosalie, la gorge serrée.

— Je pense qu'ils viennent de se disputer la compagnie de votre sœur, rétorqua lady Carrington d'un ton préoccupé.

— Mais... mais enfin c'est aberrant, Morgana est mon chaperon, ce n'est pas une débutante ! Et puis elle déteste positivement lord Greenwald, je vous assure que ça n'a aucun sens !

— Rosalie, je crois qu'un verre me ferait le plus grand bien, vous voulez bien m'en rapporter un, mon enfant ?

Rosalie jeta un regard inquiet en direction de la terrasse puis acquiesça en soupirant.

— Oui ma tante, j'y vais de ce pas.

— Euh, non, tout bien réfléchi, ramenez-m'en deux... ou trois...

Chapitre 9

— Puis-je maintenant savoir à quoi rime cette comédie, lord Greenwald ? demanda Morgana les yeux rivés sur les lumières du jardin en frissonnant.

— J'ai eu pitié de vous. Vous étiez si affreusement rouge à force de danser que j'ai craint un moment que vous ne finissiez par exploser, dit-il en luttant contre l'envie qu'il avait de la prendre dans ses bras et de la réchauffer.

— Décidément, vous êtes charmant, dit-elle d'un ton ironique.

— Certaines femmes le pensent en effet, fit-il en caressant doucement sa joue.

— Alors c'est qu'elles souffrent de graves troubles mentaux. Je ne vois aucune autre explication à un tel manque de discernement, lança-t-elle en s'appliquant à cacher le bruit des battements de son cœur qui résonnaient à grands coups à ses oreilles.

— Vous cherchez à m'offenser ?

— Non. Je fais simplement preuve de franchise. Mais si cela vous contrarie, n'hésitez pas à me raccompagner auprès de ma tante, dit-elle en réprimant un gémissement tandis que les doigts de Malcolm glissaient sur son cou.

— Je vous déplais à ce point, Morgana ?

Non. Et c'était bien ça le problème.

— Lord Greenwald, je ne sais pas ce que vous cherchez mais...

— Êtes-vous aussi souffrante qu'on le dit ? l'interrompit-il soudain d'une voix grave.

Elle laissa échapper un soupir. Même si elle comprenait parfaitement les raisons qui avaient poussé son oncle et sa tante à mentir sur son état de santé, elle se sentait terriblement mal à l'aise d'avoir à cautionner cette histoire abracadabrante.

— C'est une question particulièrement indiscrète, milord, lui fit-elle remarquer d'un ton crispé.

— Morgana, s'il vous plaît...

Il prononça ces mots d'un ton si insistant, avec un regard si pénétrant que Morgana le sentit descendre au fond de son être.

— Je vous sais gré de votre intérêt, toutefois je n'ai aucune raison de discuter de choses aussi personnelles avec vous.

Il se rapprocha alors si près d'elle qu'elle pouvait pratiquement sentir son souffle sur son visage.

— Si vous ne me répondez pas, je vous jure que je vous embrasse, ici et maintenant, fit-il avec un sourire diabolique.

Elle blêmit.

— Vous... vous n'oseriez pas ?

— Vous voulez parier ?

Cet homme ne doutait vraiment de rien et le pire, c'était qu'il avait raison. Elle savait instinctivement qu'elle serait incapable de résister si jamais il décidait de mettre sa menace à exécution.

— À quoi est-ce que vous jouez ? Vous ne pouvez pas simplement me laisser tranquille ?! s'exclama-t-elle d'un ton indigné.

— Je m'inquiète simplement pour vous.

— Vous avez une étrange façon de le montrer !

— Morgana, répondez à ma question, insista-t-il.

Morgana hésita. En lui révélant la vérité, elle risquait de provoquer un scandale dont l'honneur de la famille Charbrey ne parviendrait probablement jamais à se relever. Pire encore, elle ruinerait par là même toutes les chances de Rosalie de conclure le mariage auquel elle pouvait légitimement aspirer. L'aristocratie avait beau se délecter du moindre esclandre, elle ne pardonnerait ni à lady Carrington ni au comte de Charbrey de s'être joués d'elle de cette façon.

— Très bien, puisque vous m'y obligez, je confirme que je souffre d'une maladie de poitrine qui me fatigue beaucoup et me contraint à m'allonger constamment, mentit-elle en baissant la tête, submergée par la honte.

— Que disent les médecins ?

— Que voulez-vous qu'ils disent ?

— Peuvent-ils vous guérir ?

— Non, se força-t-elle à répondre.

Malcolm sentit brusquement ses entrailles se nouer.

— Je vois...

— Parfait, maintenant que votre curiosité est satisfaite, puis-je rentrer ? J'ai froid et je commence à être épuisée.

— Oui, oui, bien entendu... Morgana ? fit-il en plongeant son regard dans le sien.

— Oui ?

— Je suis désolé.

Son beau visage aux traits si parfaits affichait une tristesse mêlée de sincérité.

— Étrange, je ne vous pensais pas homme à reconnaître vos torts, milord.

— Je n'étais pas en train de vous présenter des excuses au sujet de mon attitude, miss Charbrey…

Elle secoua la tête en souriant de si charmante façon qu'il dut serrer les poings pour ne pas la soulever dans ses bras et l'emmener loin d'ici.

— Je me disais aussi…

— … non, je suis désolé parce que, quoi que vous disiez, j'ai bien l'intention de vous faire la cour et de vous infliger ma compagnie tout le temps que vous resterez à Londres.

Elle lui lança un regard incrédule.

— Vous avez un curieux sens de l'humour, lord Greenwald.

— Je suis très sérieux, miss Charbrey.

— Enfin, ce n'est pas possible, je viens de vous dire que…

— Peu importe.

Malcolm était parfaitement conscient que son comportement n'avait aucun sens mais il ne parvenait pas à penser de manière rationnelle depuis qu'il l'avait rencontrée, elle avait piqué sa curiosité et son intérêt et il la désirait comme il n'avait jamais désiré aucune femme avant elle. Qu'elle soit malade n'y changeait rien, il ne parvenait pas à se raisonner, à renoncer…

— Vous avez complètement perdu l'esprit…

— Peut-être, mais à qui la faute ?

Morgana le dévisagea un instant, hésitante. Il devait plaisanter, c'était sûrement une manière tordue de se venger de la façon dont elle l'avait insulté. Oui, c'était sûrement ça, ça ne pouvait être que ça…

— Pourquoi cherchez-vous à tout prix à rire de moi ?

— C'est ce que vous croyez ? Que je cherche à me moquer de vous ?

— Oui, c'est exactement ce que je crois.

Lord Greenwald était la coqueluche du Tout-Londres. Les femmes se roulaient littéralement à ses pieds. Elle ne voyait vraiment pas l'intérêt qu'il avait à la courtiser. À part, bien sûr, le désir sadique et irraisonné qu'il semblait avoir de la tourmenter.

— Pensez-vous vraiment que je m'abaisserais à de tels enfantillages, Morgana ? fit-il en soulevant délicatement son menton.

Elle sentit un frisson lui parcourir l'échine et ferma les yeux pour qu'il ne puisse pas voir le désir qui l'habitait. Elle déglutit.

— Soyez gentil, les gens pourraient se méprendre…

Il tourna la tête et vit en effet deux couples et une vieille femme en train de les observer.

— Je suis navré, je n'ai guère l'habitude de courtiser des jeunes filles, je crois que je manque un peu de pratique, reconnut-il en s'écartant d'elle prudemment.

Oh ça, elle n'en doutait pas. Elle avait beau avoir peu d'expérience, elle n'en était pas naïve pour autant. Malcolm avait la réputation de fuir les jeunes filles à marier comme la peste.

— J'espère que vous ne comptez pas sur moi pour combler vos lacunes en ce domaine, comte, parce que vous risquez fort d'être déçu. Ce n'est pas parce que je ne peux pas prendre époux que j'accepterais d'être traitée comme une gourgandine. Suivez mon conseil et retournez auprès de vos maîtresses : vous en tirerez bien moins d'ennuis et bien plus de satisfaction, déclara-t-elle avec une moue de dédain avant de s'éclipser dignement vers l'intérieur de la salle de bal, le cœur battant.

En entrant dans la pièce de réception, elle chercha immédiatement sa tante et sa sœur du regard et ne mit guère de temps à les trouver. Partir, elle devait partir avant que la situation n'empire davantage et que ce maudit comte ne continue à la poursuivre de ses assiduités.

— Je crois qu'il est temps de rentrer, décréta Morgana dès qu'elle les eut rejointes.

— Pourquoi ? La soirée n'est pas terminée, protesta Rosalie, et j'ai promis mes prochaines danses à...

— Rosy, je viens de te dire que nous devons rentrer, insista Morgana d'un ton qui ne souffrait pas la discussion.

Rosalie baissa la tête non sans avoir jeté un regard de reproche muet à sa sœur. Mais Morgana s'en moquait. Dieu seul savait ce que ce maudit comte pouvait encore bien inventer si elle restait et elle n'avait pas l'intention de lui donner la moindre opportunité de l'embarrasser plus qu'il ne l'avait déjà fait.

— Fort bien, je commençais à être fatiguée de toute façon, allons prendre congé de notre hôtesse, fit lady Carrington conciliante, en se levant de la chaise où elle siégeait.

— Que s'est-il passé sur cette maudite terrasse pour que tu veuilles prendre la fuite ? chuchota Rosalie tandis qu'elles avançaient toutes trois en direction de lady Walbert.

— Lord Greenwald m'a déclaré être fermement décidé à me faire la cour, lui répondit Morgana sur le même ton.

— Il a... il a quoi ?! Bonté divine que lui as-tu répondu ?

— Qu'il en était hors de question. Malheureusement, je ne suis pas certaine que cela suffise à le décourager.

Elle était même persuadée du contraire.

— Oh Dieu que je le hais. Non seulement il ne s'est pas gêné pour me ridiculiser mais en plus, il se permet de me gâcher ma première soirée.

— C'est le problème avec les hommes dont les appétits sont trop souvent et trop vite contentés. Ils s'ennuient avec tant de fermeté qu'ils ne savent plus quoi inventer pour se distraire, déclara cyniquement Morgana tandis qu'elles approchaient de leur hôtesse.

Puis elle poursuivit cette fois en chuchotant :

— Maintenant tais-toi et souris.

— Ah, ma chère Agatha, vous nous quittez déjà ? fit lady Walbert en s'adressant à leur tante avec un sourire forcé.

— Oui. Pour tout vous avouer, ma chère, Morgana a besoin de se ménager, elle est très fatiguée, rétorqua lady Carrington.

— Voilà qui n'a rien d'étonnant. Sa performance en tant que chaperon m'a semblé être particulièrement *éprouvante* ce soir, remarqua-t-elle d'un ton fielleux.

Morgana avait beau s'attendre à ce que leur hôtesse ait remarqué l'incident entre Malcolm et lord Clawrence, elle ne s'attendait pas à ce que lady Walbert y fasse si clairement et si discourtoisement allusion.

— Oui en effet, Rosalie a eu beaucoup de succès, n'est-ce pas, Carolina ? fit lady Carrington en faisant semblant de ne pas comprendre les insinuations de la marquise.

— En effet, mais elle a fait des conquêtes bien moins prestigieuses que sa grande sœur..., répondit lady Walbert avec un rictus.

— Des conquêtes ? Voilà un bien grand mot pour fort peu de choses, rétorqua Morgana.

— Non, non, je vous assure, lord Greenwald est une fort belle prise… Évidemment, je déplore que vous ne puissiez savourer sans amertume un tel succès. Si vous n'étiez pas aussi souffrante, ma chère, tous les hommes seraient immédiatement à vos pieds.

Sale carne ! songea Morgana.

— Alors il est heureux que la nature m'ait préservée d'une telle calamité, rétorqua d'un ton sarcastique la jeune fille.

— Nous vous remercions pour votre charmante invitation, Carolina. Votre réception, comme toujours, était positivement merveilleuse, intervint tout à coup lady Carrington en la saluant.

— Lady Walbert, fit Rosalie en s'inclinant légèrement pour prendre congé tandis que Morgana hochait simplement la tête.

— À bientôt mesdemoiselles, répondit à son tour lady Walbert, un regard de haine rivé sur le dos de Morgana qui s'éloignait déjà vers le hall d'entrée.

Chapitre 10

Lord Menfield, l'un des quatre soupirants de Rosalie présents dans le petit salon, tournait comme un lion en cage. Morgana l'observa un long moment. Malgré son physique agréable de jeune premier romantique, elle n'aimait ni son attitude ni le regard possessif qu'il fixait sur sa cadette. Cette impression était d'ailleurs renforcée par la manière désagréable qu'il avait depuis son arrivée d'accaparer l'attention de Rosalie et d'écraser ses rivaux à coups de sarcasmes et de regards condescendants.

— Vous devriez vous asseoir près de moi et discuter un peu, lord Menfield, lui suggéra Morgana en le voyant tenter une nouvelle fois de s'installer sur le canapé près de sa sœur.

— Je... oui, bien entendu, répondit-il avec une évidente réticence en s'approchant d'elle.

Morgana se retint de sourire et fit mine de ne pas voir le regard inquiet qu'il fixait sur Rosalie et lord Boyd qui devisaient gentiment.

— Ma sœur ne va pas quitter cette pièce, lord Menfield.

— Non, non, bien sûr que non, répondit-il d'un air gêné, c'est juste que, depuis notre rencontre à la soirée de lady Walbert, je n'ai pas été capable de songer à rien d'autre qu'à elle. Je sais que ça a l'air stupide, mais votre sœur m'a littéralement conquis, miss Charbrey.

— C'est ce que je constate en effet.

— Oui et, pour être franc, je compte prochainement demander sa main à votre oncle.

Morgana leva aussitôt les sourcils.

— Sans même demander à Rosalie son consentement ?

Il afficha un sourire arrogant.

— Ce sont là des affaires d'hommes, miss Charbrey, et je suis certain que le comte ne pourra qu'approuver une telle alliance. Après tout, je vais bientôt hériter du titre de mon père, le duc d'Allington...

La suffisance dont faisait preuve le jeune lord laissait Morgana complètement pantoise. Si ce jeune coq suffisant pensait réellement qu'une femme n'avait pas son mot à dire dans une décision d'une telle importance, il se fourvoyait complètement.

— Je crains que votre démarche ne s'avère inutile milord. Rosalie seule a le pouvoir de vous accepter ou non et mon oncle la laissera entièrement libre de sa décision.

— Vraiment ? Je ne peux croire qu'un homme comme le comte accepte de se soumettre aux caprices d'une jeune fille, c'est prendre un bien gros risque, vous ne trouvez pas ?

— Non, je ne trouve pas. Rosalie est une jeune personne très raisonnable et nous lui faisons entièrement confiance, rétorqua Morgana d'un ton glacial.

Le jeune lord se renfrogna aussitôt. Il était résolu à épouser Rosalie Charbrey dans les plus brefs délais et n'avait pas l'intention de perdre son temps à lui faire la cour durant toute la saison. Il était acculé par les dettes et comptait sur la dot faramineuse de la jeune fille pour sortir du guêpier dans lequel il s'était fourré.

— Bien, puisqu'il en est ainsi, je suppose qu'il ne me reste plus qu'à convaincre votre charmante sœur que je suis l'homme qu'il lui faut..., déclara-t-il en essayant de faire bonne figure.

Morgana ne put s'empêcher d'avoir un rictus.

— Il semblerait que vous n'ayez guère d'autre choix, en effet...

Il exhala tout son souffle d'un air déconfit, se leva puis traversa le salon pour se diriger vers Rosalie et ses trois autres prétendants. Lady Carrington le suivit des yeux puis s'installa près de Morgana.

— Alors que pensez-vous de celui-là ? murmura-t-elle, les lèvres cachées par son éventail en lui indiquant discrètement lord Menfield.

— Je pense qu'il devra me passer sur le corps s'il veut épouser ma sœur. Figurez-vous qu'il vient de m'avouer qu'il nourrissait l'intention d'aller voir notre oncle et de lui demander la main de Rosalie sans même l'en informer, vous imaginez ?

— C'est ainsi que les choses se font dans certaines familles, Morgana.

Morgana soupira. La place des femmes dans la société anglaise était une véritable honte à ses yeux. Le paternalisme des hommes, la façon dont certaines étaient maltraitées, d'autres dédaignées. On n'accordait pas plus de crédit à leurs opinions que si elles étaient des enfants. Elles passaient de la tutelle de leur père à celle d'un mari et n'avaient pratiquement aucun droit sur leurs biens ou sur leur propre vie. La plupart d'entre elles n'avaient pas leur mot à dire quant au choix de leur futur époux et les jeunes filles faisaient souvent l'objet des transactions les plus dégradantes.

— Peut-être, mais certainement pas dans la nôtre, déclara-t-elle fermement.

Lady Carrington tapota doucement sa main.

— J'apprécie vos efforts de modération et de sociabilité, Morgana. Je sais combien il vous coûte de ne pas jeter purement et simplement ce jeune sot à la porte mais ne vous faites aucun souci, Rosalie n'est pas plus intéressée par lord Menfield que par ces trois-là, murmura-t-elle les lèvres toujours cachées par son éventail.

Morgana esquissa une petite moue dubitative et observa Rosalie. Effectivement, rien dans l'attitude de la jeune fille ne laissait entrevoir qu'elle portait un quelconque intérêt à l'un de ses prétendants ; elle les traitait certes avec courtoisie mais sa politesse était totalement dénuée de chaleur et elle les maintenait fermement à distance comme si elle craignait de les encourager.

— Non, de toute évidence. Dites-moi, ma tante, tous les hommes de Londres sont-ils toujours aussi creux et superficiels ?

— Presque, rétorqua sa tante en gloussant.

— Oh Seigneur ! railla-t-elle.

— Soyez patiente, Morgana, vous venez d'arriver et la saison débute à peine !

— Je sais, mais Dieu que tout ça est pénible !

— Charbrey vous manque à ce point ?

Morgana acquiesça.

— Plus encore que vous ne l'imaginez. Je me languis atrocement de Mary et de Daphné.

Sa tante lui sourit gentiment.

— Rassurez-vous, ça ne devrait pas être trop long. Avec sa beauté et sa dot, Rosalie ne devrait pas avoir de difficultés à trouver chaussure à son pied…

— Tant qu'elle ne choisit pas lord Menfield, ça me conviendra…

Lady Carrington allait rétorquer lorsque Chambers fit discrètement irruption dans la pièce.

— Sa Grâce le comte Greenwald est ici, milady. Puis-je le faire entrer ?

Morgana et sa tante échangèrent un rapide regard puis la jeune fille se leva précipitamment.

— Je crois que je vais devoir me retirer, ma tante.

— Pour quoi faire ? Vous ne pourrez pas toujours l'éviter, soupira lady Carrington en la dévisageant avec attention.

— Peut-être pas, mais je peux au moins tenter de m'y employer...

Lady Carrington leva les yeux au ciel.

— Je ne vous croyais pas aussi couarde, ma nièce !

Couarde ? Certainement pas. Prudente, tout au plus. Elle avait beau prétendre qu'elle ne supportait pas le comte Greenwald et s'étonner de l'intérêt qu'il lui portait, elle n'était pas insensible à ses charmes et craignait que l'attirance physique qu'elle ressentait à son égard ne finisse par lui faire commettre une imprudence qu'elle n'aurait de cesse de regretter.

— Milady ? Sa Grâce attend..., insista Chambers.

Morgana parcourut le salon du regard et réalisa que les conversations avaient cessé. Les visages de Rosalie et de ses convives étaient tournés vers elles et ils affichaient une évidente perplexité.

— Oui, oui, bien sûr, Chambers, faites entrer Sa Seigneurie, déclara d'un ton péremptoire lady Carrington sans se soucier du regard noir que sa nièce lui jetait.

Morgana lui jeta un regard affolé.

— Ma tante...

— Asseyez-vous et ne faites pas l'enfant, Morgana, ordonna Lady Carrington.

Morgana aspira l'air avec force en gonflant ses narines mais obtempéra, tandis que Malcolm faisait une entrée remarquée dans le petit salon. Il était vêtu d'un très élégant et très sobre costume sombre merveilleusement coupé et dont la simplicité mettait en valeur sa haute taille et son corps athlétique. Comme à son habitude, il était d'une beauté quasi diabolique et se déplaçait avec une démarche à la fois nonchalante et pleine d'assurance.

— Lady Carrington, fit-il en s'inclinant poliment devant elle.

— Comte Greenwald...

Puis il tourna légèrement la tête et lança un regard appuyé à Morgana qui sentit une chaleur étrange l'envahir.

— Lady Charbrey...

— Lord Greenwald..., répondit-elle en esquissant un léger hochement de tête.

— Désirez-vous que je vous fasse servir un thé, comte ? demanda lady Carrington, mais, à sa grande surprise, Malcolm ne répondit pas et resta un instant muet à dévisager Morgana.

Deux jours, cela faisait à peine deux jours depuis la soirée de lady Walbert, deux jours qu'il luttait contre son désir de la revoir, deux jours qu'elle hantait ses pensées et que le feu d'un désir ravageur courait dans ses veines sans lui laisser le moindre répit. La voir enfin si près, à sa portée, déchaîna un tel flot de sensations en lui qu'il crut un instant qu'il allait céder à la pulsion de la serrer contre lui et de sauvagement l'embrasser.

— Lord Greenwald ? Du thé ? demanda à nouveau lady Carrington.

Il sursauta puis reporta son attention sur son hôtesse.

— J'espère que vous voudrez bien me pardonner, il faut croire que la beauté de votre nièce m'a tellement subjugué que j'ai l'espace d'un moment totalement perdu pied. Je manque à tous mes devoirs y compris envers vos invités, fit-il en se dirigeant vers les prétendants de Rosalie avant de commettre un acte que ses pairs et la morale condamneraient à coup sûr.

— Vous voyez, ma nièce, ça n'est pas aussi terrible que vous l'imaginiez, chuchota lady Carrington en l'observant tandis qu'il échangeait quelques propos courtois avec Rosalie.

Morgana regarda sa tante comme si elle avait proféré une inconvenance.

— Si vous le dites, ma tante... En tout cas, il est hors de question que vous me laissiez ne serait-ce qu'une minute seule avec lui.

— Lord Greenwald a certes des défauts, Morgana, mais je sais qu'il agit toujours en parfait homme du monde.

— Vous plaisantez ? Cet homme n'a aucune morale et, qui plus est, je le crois complètement fou, la contredit la jeune fille à voix basse.

Son impression se confirma lorsque le comte revint quelques minutes plus tard vers lady Carrington pour lui avouer de but en blanc :

— Je suppose que miss Charbrey vous a révélé mon intention de lui tenir compagnie le temps de son séjour à Londres ?

La plupart des gens trouvaient lord Greenwald intimidant non seulement à cause de son immense stature mais aussi et surtout en raison de l'attitude froide et dédaigneuse qu'il arborait continuellement. Toutefois, lady Carrington n'était pas de ceux-là. Elle aimait le caractère entier du comte et préférait ses brusques accès de franchise à l'hypocrisie habituelle des pantins de salon.

— En effet, elle me l'a dit. Et je trouve ça fort aimable de votre part, comte. Cette pauvre enfant a si peu le loisir de se distraire, rétorqua-t-elle sans se soucier du regard noir que sa nièce lui lançait.

— Eh bien, qu'à cela ne tienne, nous allons y remédier.

Morgana blêmit. Mon Dieu, cette fois elle n'avait plus aucun doute : sa tante avait bel et bien perdu la tête. Comment expliquer autrement l'étrange soutien qu'elle apportait à lord Greenwald dans ses coupables manœuvres ?

Malcolm se tourna ensuite vers Morgana.

— Ma chère, il ne sera pas dit que vous quitterez cette ville sans en avoir goûté toutes les joies et les divertissements.

La jeune fille esquissa un sourire condescendant.

— Je connais fort bien Londres, milord, et ne vous en déplaise, je n'ai nul besoin d'un guide.

— D'un guide ? Non. Voyez-moi plutôt comme un chevalier servant...

Une bouffée d'indignation submergea Morgana.

— Il n'en est pas question ! s'insurgea-t-elle.

Il afficha aussitôt un sourire joyeux.

— Vous m'avez manqué ma chère...

— Comment ? fit-elle en écarquillant les yeux.

— Vous m'avez manqué, et moi, je ne vous ai pas manqué ?

— Pas le moins du monde, rétorqua-t-elle d'un ton outré.

— Voila qui sent fortement le mensonge ! fit-il sans se soucier ni de la présence de lady Carrington ni de celle des autres invités.

Morgana se redressa en tremblant littéralement d'irritation.

— Oh vous, si vous saviez combien je vous méprise, vous ne...

Elle s'interrompit soudain en réalisant que tous la dévisageaient et que les discussions avaient une nouvelle fois cessé.

— Pardonnez-moi, ma tante, mais ma patience est à bout. Je crois qu'il est temps pour moi de me retirer, fit-elle en se forçant à adopter un ton plus modéré.

Puis d'un hochement de tête, elle salua sa tante et quitta la pièce sans se retourner sous le regard éberlué des invités...

Tandis qu'elle s'avançait vers la roseraie du jardin, Morgana songeait aux ragots que la discussion qu'elle venait d'avoir avec le comte risquait de propager. Il y avait bien trop de témoins pour que leurs propos ne fussent pas répétés et tous ne tarderaient pas à penser qu'il existait entre eux une certaine intimité. Comment avait-il osé affirmer devant tous les invités qu'elle lui avait manqué ? Était-il devenu fou ? Qu'espérait-il en la provoquant de cette façon ? Une chose était certaine, Londres penserait bientôt que le riche comte Grenwald, l'un des plus beaux partis d'Angleterre, s'était entiché d'une jeune fille malade et qu'il avait perdu l'esprit...

— Morgana ?

Elle se tourna et pâlit.

— Comte Greenwald ? Je vous croyais parti.

— En réalité, j'allais monter dans mon attelage lorsque je vous ai aperçue qui marchait dans le jardin...

— Ma tante sait-elle que vous êtes ici ?

— Non, elle me pense déjà sur le trajet du retour…
— Je… je crois que je ferais mieux de rentrer…
— Pourquoi refusez-vous d'admettre l'attirance qui existe entre nous ?
Elle le toisa d'un air choqué.
— De quelle attirance parlez-vous ?
— Je parle de celle qui vous pousse à me fuir à chaque fois comme si vous aviez le diable aux trousses.
Morgana sentit son estomac se tordre.
— Je ne cherche nullement à vous fuir, votre présence m'insupporte, c'est tout.
Malcolm afficha un air sceptique.
— J'ai un peu de mal à vous croire…
— Pourquoi ? Parce que vous vous trouvez plaisant ?
Il éclata de rire.
— Non, mais je sais reconnaître le désir qu'une femme a pour moi, Morgana.
— Vous vous flattez monsieur…
— Dans ce cas, montrez-moi que j'ai tort… Je vais vous embrasser et si vous ne répondez pas à mon baiser, j'en déduirai que je me suis fourvoyé et je vous laisserai tranquille. C'est un honnête marché, vous ne trouvez pas ? fit-il en la saisissant par la taille.
— Non. Ne m'approchez pas, ne me…
— Vous tremblez, mon ange, susurra-t-il doucement dans son cou tandis qu'il l'attirait doucement contre lui.
Elle se traita intérieurement d'idiote et essaya tant bien que mal de cacher les frissons et le trouble qui l'agitaient.
— J'ai froid, milord, ça n'a strictement rien à voir avec vous.
— Non, mon cœur, strictement rien à voir…, fit-il avant de coller ses lèvres contre les siennes avec un

mélange de possession tendre qui la fit si totalement chavirer qu'elle ne chercha même pas à échapper à son étreinte. De toute façon, cela aurait été complètement inutile ; à chaque fois que Malcolm l'embrassait, elle perdait totalement pied et oubliait toutes velléités. Le monde n'existait plus. Le désir qui l'incendiait ravageait tout sur son passage et effaçait la moindre trace en elle de volonté ou de fierté. Elle ne songeait qu'aux sensations que les baisers fiévreux, presque sauvages, du comte lui procuraient, qu'à l'envie qu'elle avait d'explorer son corps, de glisser ses mains sous ses vêtements pour caresser sa peau, de se frotter contre lui…

— Dois-je considérer ce baiser comme une reddition ? lui chuchota-t-il à l'oreille.

Morgana sursauta comme si elle venait de recevoir un seau d'eau glacée. Se rendre ? Elle ?

— Non.

Malcolm s'esclaffa aussitôt.

— Pourquoi ne suis-je point étonné ?

Elle leva les yeux au ciel.

— Vous m'avez prouvé que je vous désire, soit, je ne le nie point. Mais il est inutile de pavoiser. Après tout, rien ne prouve que je n'aurais pas éprouvé des sensations identiques dans d'autres bras que les vôtres…

— Pardon ?

— Vous êtes le premier homme que j'embrasse… Vous n'ignorez pas, j'espère, que pour qu'une démonstration soit reconnue comme telle, les scientifiques se servent d'un large panel de comparaison et de plusieurs sujets d'expérimentations ?

Les yeux du comte se rétrécirent.

— Je vous déconseille de vous lancer dans ce genre d'expérience, Morgana, ou vous pourriez le regretter…

Elle fronça les sourcils et lui lança un regard condescendant.

— Je ne vois pas ce qui m'en empêcherait.

— La décence. Et aussi peut-être le fait que je sois déterminé à provoquer en duel tous ceux qui auraient la sottise de vous approcher, annonça-t-il soudain mortellement sérieux.

Elle écarquilla les yeux, horrifiée.

— Vous n'êtes pas sérieux ?

— Essayez et vous verrez…

— Vous n'avez aucun droit de faire ça.

— J'ai le droit que vous m'avez donné en m'accordant le genre de privautés qu'une jeune fille ne réserve qu'à son fiancé.

Elle s'étrangla littéralement d'indignation.

— À son fiancé ? Il neigera en enfer le jour où vous pourrez vous déclarer comme tel, milord !

— Je ne sais pas pourquoi, mais quelque chose me dit que Lucifer est d'ores et déjà en train de grelotter, fit-il d'un ton arrogant avant d'embrasser de nouveau la jeune furie dans un geste de possession vorace puis de la repousser.

— Pas d'expérience de ce genre, Morgana, c'est bien compris ?

— Je suis libre d'agir comme je l'entends monsieur. Je suis navrée que cela vous déplaise mais je ne suis ni votre femme ni un objet dont vous pouvez revendiquer la propriété, fit-elle en passant instinctivement ses doigts sur ses lèvres rouges et enflées par le baiser fougueux qu'ils venaient d'échanger.

Une dangereuse lueur s'alluma dans le regard noir du comte.

— Fuyez, Morgana…

— Comment ?

— Fuyez avant que je ne vous inflige la fessée que vous méritez, gronda-t-il d'un air féroce.

En tant normal, Morgana aurait probablement refusé de lui obéir et serait restée plantée là, à le défier, mais quelque chose dans l'expression de Malcolm la fit hésiter. Elle recula donc prudemment hors de sa portée avant d'affirmer le menton relevé.

— Vous n'avez pas le droit de...

— Cette fois vous l'aurez voulu, fit-il d'un ton si menaçant qu'elle battit en retraite et se mit à courir vers la maison de sa tante en maudissant ce satané comte et son comportement de barbare écossais.

— Alors ma nièce, comment s'est passé cet entretien avec lord Greenwald ? Êtes-vous enfin parvenue à lui faire entendre raison et à le faire renoncer à son projet ? demanda Lady Carrington dès qu'elle eut ouvert la porte qui menait au jardin.

Morgana reprit son souffle quelques secondes puis demanda à sa tante d'un air surpris :

— Comment ? Vous... vous saviez que...

Lady Carrington esquissa un sourire suffisant.

— Il va falloir vous y faire, ma petite, je sais toujours tout. Alors avez-vous réussi à le décourager comme vous le souhaitiez ?

— Je ne voudrais pas être pessimiste mais j'en doute fort, lança Morgana en grimaçant.

Le visage de lady Carrington se figea une fraction de seconde quand elle réalisa que Morgana était décoiffée et sa tenue légèrement froissée.

— Vous voilà dans un bien curieux état, remarqua-t-elle.

— Et à qui la faute ? Qui a décidé de me laisser seule en tête à tête avec ce butor d'Écossais ?

Lady Carrington esquissa un sourire.

— Certaines discussions ne souffrent pas de témoins Morgana et j'ai confiance en vous.

— Vous ne devriez pas, ma tante, cet homme me rend complètement folle… En sa présence, c'est à peine si je parviens encore à penser…

— Quelque chose me dit qu'il ressent exactement la même chose à votre sujet…, lui fit remarquer sa tante d'un ton amusé.

— Pourtant, j'ai tout essayé pour le dissuader, j'ai été désagréable, je l'ai rejeté, j'ai même prétendu vouloir fréquenter d'autres hommes et me laisser embrasser par eux…

Lady Carrington faillit brusquement s'étrangler.

— Pardon ?

— Eh bien oui, sur le coup, ça m'a paru une bonne idée…

Lady Carrington examina le visage de Morgana et vit qu'elle ne plaisantait pas. Décidément, sa nièce était un cas à part et elle se demandait comment il était possible qu'elle se montre à la fois si brillante dans certains domaines et si candide dans d'autres…

— Sa réaction a été fort différente de celle que vous espériez, j'imagine ?

Morgana esquissa une grimace déçue.

— Oui, il est juste devenu furieux.

Lady Carrington eut toutes les peines du monde à ne pas s'esclaffer devant son air dépité.

— Rendre un homme jaloux n'est pas le meilleur moyen de le détourner de soi, Morgana, souvenez-vous-en à l'avenir...

— Oui, ma tante. Mais que vais-je faire maintenant ?

— Tout dépend des intentions du comte...

— Oh de ce côté-là, je ne suis pas inquiète, ses intentions ne peuvent être sérieuses...

— J'aurais été de votre avis si je n'avais pas vu cette façon qu'il a de vous parler, de vous regarder mais...

Morgana réfléchit un instant puis l'interrompit avec un sourire espiègle.

— Ma tante, le comte s'intéresse à moi pour les mêmes raisons que je m'intéresse à lui, n'est-ce pas ? Je veux dire que nous éprouvons l'un pour l'autre une sorte d'attraction physique ?

Lady Carrington pouffa.

— À ce qu'il semble en effet...

— Bien, pour être honnête, je dois vous confesser que si nous étions à la campagne et que l'homme avait été moins en vue, j'aurais discrètement succombé à l'inclination physique que nous éprouvons l'un pour l'autre.

— Voilà une manière franche et hardie de vous exprimer, Morgana ! s'esclaffa lady Carrington.

— Ma tante, laissez-moi continuer... Malheureusement, nous sommes à Londres et les moindres faits et gestes de lord Greenwald sont épiés, commentés, épluchés à la loupe. Sa vie privée alimente tous les ragots, je ne puis donc céder librement à mes pulsions sans risquer un scandale et la prison du mariage...

— En effet. Mais où voulez-vous en venir exactement ?

Morgana sourit.

— Je me dis que ce qu'il me faut pour décourager cet homme et empêcher ce drame, c'est simplement un chaperon.

— Un chaperon ?

— Oui, vous, ma tante.

Lady Carrington écarquilla les yeux.

— Moi ?

— Qui d'autre serait assez maligne pour jouer ce rôle-là et déjouer tous les pièges que ce diable d'homme va inventer pour se retrouver de nouveau seul avec moi ?

Lady Carrington grimaça aussitôt.

— Voilà une tâche déplaisante et peu conforme à ma nature.

Morgana lui lança un regard suppliant. Le baiser qu'elle avait imprudemment rendu à Malcolm alors qu'ils auraient pu se faire si facilement surprendre lui avait fait prendre conscience de sa faiblesse vis-à-vis du comte. Un événement tel que celui-ci aurait pu ruiner à jamais sa réputation et, pire encore, celle de sa famille et de ses sœurs. Elle ne se sentait pas de taille à l'affronter seule de nouveau. Elle ne pouvait à la fois repousser les avances de Malcolm et résister à ses propres pulsions. Elle avait besoin d'aide. Pas de celle que l'on trouve dans les sermons ou dans une bonne éducation mais de celle, plus pragmatique, d'une femme d'expérience intelligente et retorse.

— Ma tante, je sais le peu de cas que vous vous faites des convenances ou de la vertu des femmes mais la situation est critique ; croyez-moi, ce serait un crime de refuser. J'ai besoin de la protection d'une femme de votre intelligence et de votre expérience…

Lady Carrington la dévisagea avec attention.

— Quelle flatteuse vous faites, chercheriez-vous à me manipuler ?

Morgana secoua la tête.

— Je vous demande simplement votre aide, ne m'abandonnez pas, ma tante, fit-elle d'un ton grave.

Lady Carrington poussa un profond soupir.

— Soit mais tout cela me déplaît fortement. Un véritable chaperon... Mon Dieu, voilà bien un rôle infâme que je m'étais bien promis de ne jamais interpréter.

Morgana sourit. Elle ne doutait pas que le rôle de cerbère et d'empêcheuse de tourner en rond soit un personnage bien moins amusant à jouer que celui de la veuve folle et excentrique que sa tante aimait tant incarner mais elle n'avait pas le choix. L'honneur de sa famille était en jeu et la préservation de sa réputation valait largement ce petit sacrifice. Et puis, qui sait ? lady Carrington pourrait bien finir par se prendre au jeu et s'amuser après tout...

— Consolez-vous, ma tante, en imaginant la culpabilité que vous ressentiriez si je finissais à cause de votre refus par devoir me marier...

Lady Carrington pouffa.

— Voilà un argument bien digne de vous... Enfin... Attendez-vous durant toute cette comédie à m'entendre grommeler, râler et pester, Morgana.

La jeune fille afficha un sourire mi-taquin, mi-soulagé.

— Bien évidemment, le contraire me décevrait, ma tante...

Chapitre 11

— Échec et mat.

Morgana leva ses yeux et examina la mine déconfite de Malcolm en riant.

— Cette partie est pour moi, il nous faudra donc nous départager sur la suivante.

— Bon sang, vous n'espérez tout de même pas que je vous laisse gagner la prochaine ?

— Me laisser gagner ? Oh je crois mon cher comte que vous vous surestimez. Je suis à ce jeu-là bien meilleure que vous.

Malcolm sourit. Elle était si vivante, si vibrante d'énergie, si brillante qu'il sentit son cœur se contracter étrangement dans sa poitrine. Chaque jour, depuis deux semaines, il venait lui rendre visite chez sa tante et chaque jour qui passait le rendait encore plus épris d'elle que la veille. À croire qu'elle l'avait totalement et définitivement ensorcelé.

— Bien, meilleure que moi ? Voilà qui semblerait fort curieux, lança-t-il d'un ton taquin avant de redisposer les pièces sur l'échiquier.

— Pourquoi ? Parce que je suis une femme ?

— En effet, rétorqua-t-il.

— Bien, c'est ce que nous allons voir, le défia-t-elle en avançant son pion blanc de deux cases.

Puis ses yeux se rivèrent sur l'échiquier tandis qu'elle se mordillait les lèvres, le chignon légèrement relâché, en affichant une mine concentrée. Captivé par ce charmant spectacle, Malcolm fut envahi par une foule d'émotions diverses allant du désir pur et dur de la faire sienne et de la posséder à celui plus tendre de la serrer contre lui et de la protéger.

— Ah ah... vous avez l'esprit ailleurs, mon cher comte, le taquina-t-elle en saisissant une pièce.

Malcolm reporta son attention sur l'échiquier et sourit. Troublé par son délicieux parfum, par les pulsions et le besoin qu'il ressentait, il n'avait pas vu le piège que lui avait tendu son adorable petite peste et en avait perdu son cavalier.

— Il me serait très difficile de le nier, fit-il en la fixant soudain d'un regard si intense qu'elle rougit aussitôt.

L'attirance qu'elle avait ressentie pour Malcolm dès leur première rencontre ne s'était pas estompée comme elle avait eu la naïveté de l'espérer. Bien au contraire. Elle avait découvert en le fréquentant que sous ses discours légers et ses provocations risquées se cachait un homme d'une vive intelligence, d'une immense culture et d'une grande profondeur. Ils passaient d'ailleurs chaque jour des heures à débattre de tous les sujets, et Morgana s'était maintes fois étonnée de ne trouver chez lord Greenwald ni l'orgueil ni l'aveuglement propre aux hommes de son rang. Il ne s'écoutait pas parler, ne s'attendait pas à ce que l'on soit systématiquement de son avis et n'hésitait pas à remettre ses opinions en question lorsque Morgana argumentait. Bref, l'esprit de Malcolm était tout aussi séduisant que l'était son apparence et elle avait commencé par éprouver pour lui un véritable respect.

— Voulez-vous que nous interrompions notre partie ? demanda-t-elle la voix altérée par le trouble qui l'envahissait et les battements de son cœur qui s'emballait.

— Non..., fit-il en caressant doucement le dos de sa main.

Ce simple contact provoqua aussitôt une vague de frémissements le long de la colonne vertébrale de Morgana et elle se tourna aussitôt d'un air implorant vers sa tante qui l'observait à la dérobée.

— Comte, désirez-vous que je vous fasse apporter une autre tasse de thé ? demanda aussitôt lady Carrington en se levant du canapé bleu nuit où elle siégeait.

Malcolm eut un sourire en coin et retira aussitôt sa main. Dire qu'il avait cru que la vigilance de la fantasque lady Carrington serait aisée à déjouer... Quel idiot il était. Cette femme était un véritable cerbère et elle ne les quittait jamais. Pas une fois depuis leur fameux baiser dans le jardin, il n'avait pu revoir Morgana seule, ni même lui parler librement. Et il s'en sentait terriblement frustré. Frustré et irrité.

— Non, merci, lady Carrington, fit-il sans détacher pour autant son regard de prédateur de Morgana.

— Pouvons-nous terminer cette partie plus tard, je crois que je commence à me sentir un peu fatiguée, déclara-t-elle, les yeux rivés sur sa main comme s'il la brûlait.

— Fatiguée ? Quel dommage, moi qui pensais vous emmener assister à une course de lévriers, dit-il d'un air faussement désappointé.

Une lueur d'excitation mêlée de curiosité s'alluma aussitôt dans le regard de la jeune femme.

— De lévriers ?

— Absolument. Voyez-vous, ces courses ont été organisées au tout début par des ouvriers mais l'idée était si novatrice et si intéressante que plusieurs gentilshommes ont décidé de s'y adonner et elles remportent maintenant un vif succès.

Lady Carrington tourna aussitôt la tête vers lui.

— Ces courses sont-elles autorisées par la couronne, milord ?

— Absolument pas, répondit-il en lançant un regard complice à Morgana qui souriait d'un air ravi.

— Alors je me dois de refuser cette escapade, lord Greenwald, car ce n'est guère le genre de divertissements qui convienne à deux jeunes ladys.

— Je ne vous imaginais pas aussi conventionnelle, lady Carrington, lui fit remarquer Malcolm d'un ton gentiment moqueur.

— Allons, ma tante, ne soyez donc pas aussi stricte, l'idée du comte est excellente et je compte bien aller voir à quoi ces courses ressemblent, lança Morgana d'un ton enjoué.

— Oh oui, ma tante, s'il vous plaît, dit alors Rosalie qui se tenait un peu plus loin avec deux de ses prétendants et semblait terriblement s'ennuyer.

Lady Carrington, que l'idée de se rendre à des courses illégales secrètement enchantait, se tourna lentement vers Malcolm.

— Lord Greenwald, garantissez-vous que mes nièces seront en parfaite sécurité ?

— Je n'aurais fait une telle suggestion si ça n'avait pas été le cas, milady, répondit Malcolm.

— Fort bien, en ce cas, c'est entendu, fit-elle d'un ton de fausse résignation.

— Merci, tante Agatha, lança Rosalie folle de joie.

— Ne me remerciez pas, je ne veux pas que vous vous sentiez privées de la moindre part d'amusement, dit lady Carrington en souriant.

— Quelle tenue devons-nous porter ? demanda Rosalie en regardant Malcolm.

Morgana esquissa un sourire. Sa sœur avait, malgré ses réticences, fini elle aussi par succomber au charme de ce maudit comte, qui avait réussi à se faire pardonner le comportement qu'il avait eu lors de leur première rencontre à coups de chocolats, de livres rares et de la permission d'accéder librement à sa bibliothèque personnelle.

— Je suppose que la robe jaune que vous portez actuellement conviendra parfaitement, lady Rosalie, quant à votre sœur, j'imagine qu'elle ne me fera point le plaisir de troquer la robe abominablement laide et austère qu'elle porte aujourd'hui contre une tenue plus seyante, fit-il d'un ton taquin.

— Abominablement laide, comme vous y allez... Voilà qui n'est guère galant, grommela Morgana.

— Morgana n'est pas femme à se mettre en frais pour quiconque, milord, il faudra vous y faire, soupira Rosalie.

Morgana baissa le regard, un peu gênée. En réalité, elle envisageait depuis quelque temps de passer chez une couturière et de se faire confectionner une nouvelle garde-robe. La façon qu'avait Malcolm d'admirer les femmes les plus élégantes lors de bals, de promenades ou de réceptions l'irritait sans qu'elle en comprenne la raison et elle avait de plus en plus de difficultés à supporter les regards affligés du comte à chaque fois qu'elle portait une de ses affreuses tenues.

— Oh ne vous inquiétez pas, Rosalie, je ne demanderais jamais à notre chère Morgana de mettre fin à la guerre qu'elle semble mener à l'élégance et au bon goût, cela semble bien trop l'amuser ! fit-il en lançant à celle-ci un sourire moqueur.

— Vous vous trompez, milord, je viens justement de décider de négocier une trêve, rétorqua-t-elle d'un ton narquois.

Malcolm haussa les sourcils surpris.

— Ah ah… Voilà qui semble prometteur… Et à quelle bonne fée devons-nous ce miracle ?

— Si vous parlez de la couturière, j'avoue que je ne sais encore laquelle choisir.

— Mme Duflot, une Française, est d'après ce que prétend lady Walbert ce qui se fait de mieux en ce moment, répondit Malcolm.

Lady Walbert ? Encore elle… Il n'avait pas fallu beaucoup d'imagination à Morgana pour comprendre lors du bal de la marquise le vif intérêt qu'elle portait à Malcolm. Lady Carrington avait d'ailleurs confirmé ses soupçons en lui confiant que le comte résistait encore et toujours aux avances de son amie Carolina et qu'elle en était fortement désappointée.

— La couturière de lady Walbert ? Non merci, je ne crois pas qu'elle puisse convenir, répondit Morgana plus sèchement qu'elle ne l'aurait voulu.

Lady Carrington ne put s'empêcher de sourire.

— Ne vous en faites pas, mon cher comte, Londres ne manque pas de couturières dignes de ce nom. Morgana en trouvera probablement une à sa convenance, le rassura-t-elle.

— Je ne voudrais en aucun cas me montrer discourtois, lady Carrington, mais je crains que votre nièce ne soit complètement dénuée du moindre bon sens en la matière, lança Malcolm d'un ton narquois.

Morgana faillit s'étouffer d'indignation.

— De quel droit osez-vous, monsieur ? cracha-t-elle.

— Mais de celui qu'a chaque homme de défendre la grâce et la beauté, miss Charbrey, rétorqua Malcolm en souriant.

— Vos insinuations sont scandaleuses, je suis tout à fait apte à choisir moi-même une couturière !

Il haussa les épaules.

— Mon cœur, faites comme vous le souhaitez, mais si vous vous présentez une nouvelle fois devant moi vêtue de l'une de vos horribles tenues, je déchirerai avec délectation chaque morceau de tissu et vous les ferai lentement avaler ! fit-il avant de se lever et de se diriger vers lady Carrington. Je viendrai vous chercher toutes trois vers quatorze heures, cela vous convient-il ?

Lady Carrington se pinça discrètement les lèvres pour ne pas éclater de rire devant la mine choquée de Morgana, puis acquiesça.

— Quatorze heures sera parfait. À tout à l'heure, comte…

Chapitre 12

Après avoir quitté la ravissante demeure de lady Carrington, Malcolm s'était rendu directement comme tous les mardis à la salle d'armes où l'attendait le duc de Langford, son meilleur ami. Les deux hommes, quoique fort différents – Malcolm était brun, viril, imposant, et le duc, blond, espiègle et élégant –, partageaient le même goût pour les femmes, les affaires et les combats en tous genres et savaient se montrer, l'un comme l'autre, aussi redoutables que séduisants…

— On prétend que tu as quitté ta belle Castillane, fit le duc en saisissant son fleuret.

Malcolm haussa les épaules tandis qu'une lueur amusée s'allumait dans ses yeux.

— Vas-y donc, mon cher, tente ta chance, Dolorès est un peu pénible et irritante mais elle possède quelques talents plutôt plaisants ! rétorqua Malcolm en se positionnant en face de lui.

— C'est ce que j'ai entendu dire… Il a fallu une femme bien exceptionnelle pour la remplacer. La marquise de Walbert serait-elle enfin parvenue à ses fins ? T'a-t-elle enfin pris dans ses filets ? demanda-t-il en se mettant en garde.

— Là, tu deviens indiscret, Langford.

— Eh, comte, tes frasques amoureuses font l'objet de nombreux paris et j'ai misé fort cher, il est donc parfaitement légitime que je me renseigne, déclara-t-il en lançant une attaque.

— De paris ? Vraiment ? fit-il en l'esquivant.

— Oui, certains concernent la marquise...

Malcolm se figea.

— Et l'autre ?

— Une jeune lady de ta connaissance, dit le duc en soutenant son regard.

Le visage de Malcolm se durcit brusquement.

— Et quelle en est la teneur ? demanda-t-il d'un ton glacial.

— Eh bien tu ne l'as peut-être pas remarqué mais certains des invités de lady Carrington semblent prendre bien plus de plaisir à écouter tes joutes verbales avec lady Morgana qu'à courtiser la jeune Rosalie Charbrey... Vos bons mots ont bien évidement fait le tour de la bonne société, et des membres de notre club ont commencé à miser sur le temps que tu mettrais à la dompter...

Malcolm sentit le soulagement l'envahir.

— La dompter ? Lady Morgana ? J'espère que tu n'as pas parié, John, car ce ne sera pas un exploit aisé à réaliser.

— Évidemment, étant donné la situation, nul n'a voulu enchérir sur un quelconque mariage... Tous se disent que la jeune fille retournera dans son foyer dès la fin de la saison et que tu as fait preuve d'une grande galanterie et d'une grande générosité en prenant cette jeune fille sous ta protection, dit John en le fixant étrangement.

Il aurait fallu être complètement idiot pour ne pas voir où son ami voulait en venir... Au diable John et toutes ses maudites allusions. Bien sûr que Morgana était malade, bien sûr que toute cette histoire était insensée mais que pouvait-il faire d'autre bon sang ? Renoncer à elle ? Il ne s'en sentait pas capable. D'autant que depuis qu'il l'avait rencontrée, elle n'avait jamais montré le moindre signe de faiblesse et ne semblait avoir aucun symptôme particulier ; bien au contraire, elle était éclatante de joie et de vitalité. Alors peut-être était-il en train de commettre une folie, peut-être avait-il perdu la raison et s'apprêtait-il à connaître l'une des plus grandes souffrances de sa vie, mais il s'en moquait, il s'en moquait éperdument…

— Ils ont tort, John, car je ne laisserai certainement pas Morgana retourner à Charbrey, déclara-t-il.

— Que veux-tu dire ? Tu ne songes pas sérieusement à l'épouser ?

— Tu ne me suggères pas d'en faire ma maîtresse, tout de même ? répliqua-t-il avec un sourire narquois.

Langford le gratifia d'un regard peu amène.

— Certainement pas. Enfin, Malcolm, tu déraisonnes, sa famille n'acceptera jamais.

— Et pourtant, il n'y a pas d'autre solution. Je ne la laisserai pas m'échapper…

Le duc l'observa un instant mais ne vit pas le moindre signe qui lui donnait à penser qu'il plaisantait.

— Enfer et damnation, toutes les femmes sont à tes pieds, alors pourquoi celle-là, Malcolm, pourquoi celle-là en particulier ?

Malcolm soupira puis s'approcha de son ami.

— Te souviens-tu de ces longues discussions où tu me parlais de ton épouse, de tes sentiments pour elle et de ce qui la rendait exceptionnelle à tes yeux ?

Le duc retint son souffle.

— Malcolm… tu veux dire que… ?

— Un soir que tu étais ivre, tu m'as confié que tu aimais un fantôme et qu'aucune des centaines de femmes qui se sont glissées dans ton lit depuis n'a pu remplir le vide que lady Langford a laissé... Je ne comprenais pas alors...

John devait se rendre à l'évidence, l'affaire était sérieuse. Que Greenwald soit follement épris de lady Morgana Charbrey ne le surprenait pas, la donzelle était une véritable beauté et elle semblait posséder une intelligence et un sens de la repartie que bien des femmes auraient pu lui envier, mais, jamais au grand jamais, il n'aurait supposé qu'un homme aussi dur, cynique et froid que Malcolm Greenwald puisse se lancer dans la folie d'un tel mariage.

— Je vois. Mais as-tu songé à ce qui risque de se passer ? Que feras-tu si sa maladie s'aggrave et que tu la perds ?

Malcolm sembla accuser le coup puis haussa finalement les épaules.

— S'il y a bien une chose que la guerre et la disparition de votre chère Clara nous ont enseignée, c'est que la mort ne frappe pas toujours en premier ceux qui semblent lui être destinés et qu'il est vain de faire le moindre pronostic sur le jour et l'heure où la Faucheuse fera son triste ouvrage, John...

Le duc détourna le regard.

— Ainsi donc, tu es décidé.

— John, comprends-moi, je...

— Non, non, Greenwald, tu dois avoir perdu l'esprit...

— Langford, je suis persuadé que Morgana est bien moins souffrante que les rumeurs ne le laissent supposer, expliqua Malcolm...

— Assez pour enfanter et perpétuer ta lignée ? demanda le duc avec un rictus.

— John...

— Tu es fils unique, as-tu songé à ton père et à la manière dont il va réagir en apprenant tes projets ?

Malcolm eut un rictus. Cela faisait huit ans maintenant qu'il n'était pas rentré en Écosse. Huit ans qu'il avait refusé de se plier aux exigences de son père qui voulait le contraindre à se marier avec l'héritière des Mac Caulley. Huit ans qu'il n'avait pas revu le vieil homme cruel et brutal qui l'avait engendré.

— Tu crois vraiment que je me soucie de ce que va penser ce vieux despote ?

John soupira. Il était parfaitement au courant du conflit qui opposait Malcolm à son père et des nombreux différends qui existaient entre eux. À commencer par la manière honteuse dont le duc avait maltraité feu son épouse.

— Peut-être pas, mais ça ne te décharge pas pour autant de tes responsabilités.

Malcolm accueillit cette réflexion d'un petit rire nerveux.

— Je ne suis point homme à négliger mes obligations, John, mais je ne me sens aucun devoir en matière si privée. J'ai écouté tes objections, je les ai écoutées parce que je sais l'amitié que tu me portes et qu'elles sont motivées par une sincère inquiétude. Pour être honnête, j'aurais probablement eu les mêmes si nos positions avaient été inversées, mais je ne changerai pas d'avis.

Bien que son ton fût dépourvu d'hostilité, le duc de Langford comprit qu'il s'agissait d'un avertissement et prit quelques secondes de réflexion dans le silence qui suivit. Greenwald l'avait toujours soutenu et aidé durant certains des pires moments de sa vie, il ne l'avait jamais jugé ou méprisé même lorsqu'il s'était retrouvé au plus bas et cela, alors même qu'il était incapable de comprendre le sentiment de profond désespoir qui l'animait. Si Langford le condamnait aujourd'hui et faisait preuve de moins de tolérance que n'en avait eu pour lui son ami, il ne se le pardonnerait probablement jamais.

— En ce cas, je suppose qu'il ne me reste plus qu'à m'incliner et à te souhaiter tout le bonheur du monde, Greenwald.

Malcolm fronça les sourcils puis, réalisant que les propos du duc ne contenaient nulle ironie, il le gratifia d'un sourire.

— Merci, John.

— Bien, que dirais-tu de terminer notre entraînement ? Je dois participer d'ici deux jours à un duel et je n'aurais rien contre un peu d'exercice ! lança Langford.

— Un duel ? Laisse-moi deviner... Ne s'agirait-il pas du mari de lady Horst, cette délicieuse rouquine que tu fréquentes assidûment ?

— Exactement !

Malcolm secoua la tête en riant puis se mit en garde.

— Comment ce pauvre bougre a-t-il découvert qu'il était cocu ?

— Lady Horst l'en a informé.

— Voilà qui n'est pas très fair-play de sa part.

— Non, en effet. J'ai d'ailleurs fait livrer ce matin même un tonneau de vin français à lord Horst pour me faire pardonner.

Malcolm s'esclaffa puis les deux hommes reprirent le combat...

Chapitre 13

Le comte Charbrey ne s'était pas résolu à quitter le domaine de bon cœur. Laisser ces deux petites terreurs de Daphné et Mary à la seule garde de leur nurse en l'absence de Morgana lui paraissait une fort mauvaise idée mais il n'avait guère d'autre choix : il devait assister à un débat des plus importants à la Chambre des lords et le régent en personne avait requis sa présence.

— Milord ?

— Veuillez demander à ce qu'on s'occupe de mes bagages, Chambers, déclara le comte en arrivant au domicile de sa sœur, lady Carrington.

— Bien, Monsieur.

— Mes nièces sont-elles sorties ?

— Miss Rosalie est dans sa chambre et se repose avant le bal de ce soir, milord, quant à miss Morgana, elle se trouve actuellement dans le petit salon. Je vais de ce pas vous annoncer et donner immédiatement des ordres pour qu'on vous prépare votre chambre habituelle, monsieur le comte.

— Merci, Chambers, comme toujours vous êtes parfait.

Le majordome s'inclina puis le précéda jusqu'à la porte du petit salon.

— Oncle Gerald ! s'écria joyeusement Morgana en le voyant franchir le seuil.

— Morgana…

— Pourquoi ne m'as-tu pas avertie, Gerald ? Ta chambre n'est même pas prête, lui lança à son tour lady Carrington sur un ton de reproche que démentait la joie intense qui brillait dans ses yeux.

— Pour vous gâcher la surprise, aux filles et à toi ? Ah non, certainement pas ! fit-il en l'embrassant sur la joue.

L'affection sincère que se portaient le comte et sa sœur était palpable et Morgana ne put s'empêcher de sourire devant la complicité tout enfantine qu'ils avaient su conserver.

— Alors, mon oncle, combien de temps restez-vous ? Nous accompagnerez-vous ce soir au bal de lady Bradburry ?

— Bien évidemment. Ça va être d'un ennui à mourir mais je ne peux pas vous laisser souffrir seules alors que je suis ici… Allez, racontez-moi tout, Rosalie a-t-elle trouvé des prétendants ? Son entrée dans le monde s'est-elle bien passée ? Combien y a-t-il de jeunes gens encore en lice ?

— Oh, elle a remporté un vif succès, Gerald, tu n'as guère à t'inquiéter, le rassura lady Carrington.

— Tant mieux, tant mieux, je parie que le Tout-Londres doit avoir les yeux braqués sur elle…

— Euh… pas tout à fait, avoua lady Carrington.

— Comment ça ? Ne me dites pas qu'une jeune péronnelle a réussi à l'évincer ?

Morgana se renfrogna et prit un air gêné.

— Mon oncle, tout ça n'a que peu d'importance vous ne croyez pas ?

— Non, pas du tout. Je veux tout savoir, figurez-vous.

En réalité, depuis qu'on avait appris que le comte Greenwald s'intéressait très sérieusement à elle et qu'elle avait rangé ses vieilles tenues pour arborer une somptueuse et toute nouvelle garde-robe, Morgana était devenue la coqueluche de la haute société.

— De toute manière tu finiras par l'apprendre alors autant que je te dise la vérité, la jeune péronnelle dont tu parles, celle qui a supplanté Rosalie, n'est autre que ton autre nièce, Morgana, déclara lady Carrington en grimaçant.

— Pardon ? Mais qu'est-ce encore que cette ineptie ? demanda-t-il en se tournant vers elle.

— Ce n'est pas de ma faute mon oncle. Tout ça est un malentendu causé par cet entêté de comte Greenwald.

— Qu'est-ce que lord Greenwald vient faire là-dedans ? fit-il, interloqué.

— Il s'est mis en tête de lui servir de chevalier servant durant tout son séjour et de la divertir, répondit lady Carrington en secouant la tête.

— Quoi ? Mais cette histoire est impossible. À moins que…

Il pâlit brusquement.

— À moins que notre mensonge n'ait été révélé ?

— Non. Rassure-toi, il ne sait rien, le rassura aussitôt lady Carrington.

— Dans ce cas, je ne comprends pas…

— Je crois que Morgana l'amuse et qu'il apprécie sa compagnie.

— Lord Greenwald ? Cela ne se peut. C'est un homme courageux et brillant mais, avec les femmes, il ne s'est jamais comporté autrement que comme un débauché.

— Au risque de te décevoir, il n'a pas fait un seul faux pas jusqu'à présent.

Bien au contraire. Petit à petit et fort intelligemment, le comte avait abattu lentement mais sûrement jour après jour toutes les défenses de sa nièce. Morgana était conquise, elle n'avait simplement pas encore eu le courage ou la lucidité de l'accepter.

— Mais… mais enfin, Morgana, avez-vous donc perdu la tête ? demanda son oncle avec une expression atterrée.

— Que vouliez-vous que je fasse ? J'ai eu beau affirmer à lord Greenwald que je ne pouvais souffrir sa présence, il n'a rien voulu entendre.

— Eh bien, tu pourrais par exemple refuser de le recevoir…

— Oh mais je le lui ai dit, je lui ai même refusé notre porte…

— Et ?

— Et il est tout de même entré et a décrété que si je continuais à m'obstiner dans cette voie, il ne pourrait pas faire autrement que de m'enlever. Il paraît que ça se fait beaucoup chez ces vauriens d'Écossais, fit-elle en haussant les épaules.

— Ce n'est pas pour prendre la défense de lord Greenwald, Morgana, mais je crois avoir en effet lu quelque chose à ce sujet, acquiesça lady Carrington au bord du fou rire.

Le comte Charbrey ne parvenait pas à en croire ses oreilles… Oh bien sûr, il ne doutait pas que le comte Greenwald soit homme à renoncer aisément mais cela ne ressemblait guère à Morgana de se laisser ainsi manipuler et encore moins de se soumettre à la volonté d'un tiers.

— Que suis-je censé faire ? Accepter cette situation inique sans protester ?

— Je crains que nous ne puissions faire autrement, mon oncle. Ne vous inquiétez pas, le comte finira tôt ou tard par se lasser de moi et par retrouver sa vie de dépravé, dit-elle en sentant son cœur brutalement se serrer.

— Peut-être serait-il plus raisonnable que tu rentres à Charbrey ? suggéra-t-il.

Morgana manqua une respiration.

— Comment ?

— Ta tante peut fort bien se charger de ta sœur et te libérer de tes responsabilités.

Morgana pâlit brusquement.

— Vous voulez que je quitte Londres ? demanda-t-elle le souffle coupé.

Elle avait l'impression qu'un rocher lui écrasait la poitrine. L'idée même de quitter la ville et de retourner à Charbrey l'emplissait d'effroi. Elle essayait d'en comprendre la raison mais sans succès, car, enfin quoi, Mary et Daphné lui manquaient tout comme son atelier. Cela n'avait vraiment aucun sens même si...

Elle sentit la tête lui tourner.

Non, non, Malcolm n'était en rien responsable de cette étrange réaction. Oh bien sûr, il lui manquerait, elle ne connaissait personne d'aussi captivant et d'aussi intéressant que lui mais ils pouvaient rester amis, s'écrire et se rendre visite de temps en temps. Alors pour quelle raison avait-elle si peur de ne plus le revoir aussi souvent ?

— Ce ne serait pas une mauvaise idée et ça réglerait une bonne fois pour toutes le problème de lord Greenwald.

— Non, mon oncle, je n'ai pas l'intention de quitter cette ville à cause de lui. Et puis quoi encore ? lança-t-elle avec véhémence.

— Je comprends mon enfant mais...

— Non, je ne fuirai pas, un point c'est tout. Bien, je vais aller chercher Rosalie et l'avertir de votre arrivée.

Puis elle quitta la pièce d'un pas ferme et décidé. Deux secondes plus tard, le comte se tournait vers sa sœur l'air éberlué :

— Mais que lui arrive-t-il ?

Lady Carrington s'esclaffa.

— Gerald, retire un peu tes œillères. Ne vois-tu donc pas que Morgana est tombée amoureuse ?

Le comte écarquilla les yeux.

— Pardon ?

— Mais enfin crois-tu vraiment que Morgana soit le genre de jeune femme qui se laisse imposer un fâcheux ? Elle aurait déjà taillé Greenwald en pièces depuis longtemps s'il lui déplaisait autant qu'elle le prétend.

Il réfléchit quelques secondes puis secoua la tête en souriant.

— Tu as raison, Morgana n'est pas du genre à se laisser imposer quoi que ce soit...

— Oh que non ! Te souviens-tu de la façon dont elle a agressé le garde-chasse de son père quand il s'en est pris à ce lapin qu'elle adorait ?

Lord Greenwald s'esclaffa.

— Oui, tel David terrassant Goliath, elle lui a lancé une pierre en plein milieu du front, nous avons tous pensé qu'elle l'avait tué...

— Et la manière dont elle s'est vengée de cette nurse qui avait osé maltraiter Rosalie ? ajouta lady Carrington.

— Celle dont elle a coupé les cheveux durant son sommeil ? Et elle n'avait encore que neuf ans. J'ai cru que sa mère allait nous faire une crise d'apoplexie, dit-il en riant.

— Que veux-tu, elle a toujours eu beaucoup de mal avec l'autorité ! remarqua lady Carrington tout aussi amusée.

— Exact, c'est pourquoi je suis inquiet, fit-il en redevenant brutalement sérieux. Greenwald n'est pas du tout l'homme qu'il faut à Morgana, il est bien trop dur, trop autoritaire, trop intimidant... Oh Agatha, pourquoi ne l'as-tu donc pas mieux surveillée ? Avant de venir ici, Morgana ne se souciait guère des hommes...

— Je sais, la science seule occupait ses pensées.

— Exact et c'était fort bien ainsi.

— Gerald...

— Mais enfin, Agatha, as-tu seulement songé à ce qui pouvait arriver si Morgana changeait d'avis et finissait par se marier ? Que deviendraient ses sœurs ? Elles l'aiment comme une mère.

— Sur ce point, rassure-toi, je connais suffisamment ma nièce pour savoir que jamais elle ne les abandonnera...

— Tu veux dire qu'elle voudra les emmener avec elle ?

Lady Carrington resta pensive quelques instants puis dit finalement :

— Non... je n'imagine pas Morgana loin de Charbrey, elle est beaucoup trop attachée à sa vie de famille et à ses fichues recherches. De plus, elle sera incapable de vivre la vie d'une lady ; les fêtes et les gens l'ennuient...

Une lueur de soulagement traversa le regard du comte Charbrey.

— Donc tu penses qu'elle refusera d'épouser lord Greenwald s'il lui fait sa demande ?

— En effet. Morgana n'est pas femme à renoncer à sa famille et à sa liberté, mais ne te réjouis pas trop vite, dit-elle avec un sourire amusé, cette décision ne se fera ni sans douleur ni sans quelques accrocs à son honneur...

Le comte fronça aussitôt les sourcils.

— Ce qui veut dire ?

— Ce qui veut dire qu'il est fort probable qu'elle succombe à un moment ou à un autre à la forte attirance qu'il y a entre eux.

Il pâlit brusquement.

— Tu ne sous-entends tout de même pas que... ?

— Oh je t'en prie, cesse donc de faire semblant. Morgana est une femme, elle est riche, forte, indépendante, unique en son genre, tu ne voudrais tout de même pas qu'elle se plie aux règles d'une société dont elle n'a que faire et qui lui déplaît ?

— Eh bien si, justement ! Ne me dis pas que tu approuverais, toi, un tel comportement ?

— Pourquoi me poses-tu des questions dont tu connais déjà la réponse ? lui demanda lady Carrington en souriant.

— Parce que parfois j'espère me tromper...

— Oh Gerald, ce que tu peux être attendrissant quand tu t'y mets !

Chapitre 14

— Alors tu es au courant ? s'enquit Malcolm d'un ton anxieux en fixant son ami, le duc de Langford.

Autour deux, les élégants invités du bal de juillet discutaient par petits groupes dans un espace trop confiné pour une assemblée aussi immense. On pouvait entendre, malgré la musique, quelques gloussements de femmes, des bruissements de robes et des hommes s'esclaffer joyeusement...

— De ta petite aventure avec notre chère lady Walbert ? Bien entendu, qu'espérais-tu ? Que cette garce se tairait alors qu'elle est enfin parvenue à se glisser dans ton lit ? Comment as-tu fait pour tomber dans un piège aussi grossier, bon Dieu, Greenwald ? demanda Langford d'un ton réprobateur.

Malcolm détourna le regard. Il avait commis une terrible erreur et n'était pas fier de lui. S'être ainsi enivré à la soirée de lord Wesclif et avoir cédé aux avances de la marquise était d'une stupidité sans bornes. Et il le savait.

— J'avais bu, elle m'a aguiché, l'histoire habituelle..., expliqua Malcolm agacé par sa propre faiblesse.

— Tu n'avais pas touché à une femme depuis plusieurs semaines, Malcolm, personne ne saurait te blâmer de satisfaire certains besoins naturels et je serais mal placé pour te le reprocher mais, de toi à moi, je crains que tu ne te sois mis dans un sacré guêpier cette fois !

Malcolm en avait parfaitement conscience. Lady Walbert n'était pas une femme qu'on pouvait aisément rejeter, et l'irritation qu'elle avait montrée lorsque Malcolm lui avait demandé de se rhabiller et de quitter son appartement au petit jour ne laissait pas de l'inquiéter.

— John, si Morgana l'apprend, je risque de la perdre, dit Malcolm la gorge nouée.

Le duc de Langford lui jeta un regard compatissant.

— Peut-être serait-il temps de lui dire à quel point tu l'aimes...

Se tenant un peu plus loin en compagnie de sa sœur et de sa tante, Morgana observait lord Greenwald et le duc de Langford en train de converser. Elle ne parvenait pas à entendre la teneur des propos qu'ils échangeaient mais elle ne pouvait s'empêcher de se demander pour quelle raison le beau visage de Malcolm affichait cet air préoccupé.

— Ma chère nièce, prenez garde, votre regard vous trahit, insinua doucement sa tante.

— Ah ? Et que révèle-t-il donc ?

— Mais tout l'intérêt que vous portez à lord Greenwald, bien sûr.

— Il est vrai que tu ne le quittes guère des yeux, Morgana, lança Rosalie d'un air espiègle.

Morgana détourna le regard en rougissant. Malcolm lui plaisait, elle ne pouvait pas le nier et plus elle apprenait à le connaître, plus elle s'attachait à lui. Il était devenu comme une sorte de drogue au point qu'elle trépignait littéralement d'impatience avant chacune de ses visites et qu'un sentiment de tristesse l'envahissait dès qu'il s'absentait trop longtemps.

— Rosalie, cesse donc de dire des sottises et souris, je crois que ce coq prétentieux et pontifiant de lord Menfield vient vers nous, fit Morgana.

Rosalie tourna la tête et esquissa une grimace en reconnaissant effectivement le fils du duc qui se frayait un chemin parmi les invités.

— Oh Seigneur, que ce garçon est obstiné ! remarqua-t-elle d'un ton contrarié.

— Je reconnais qu'il n'est guère facile à décourager, admit Morgana d'un ton amusé.

— Oui, il est presque aussi têtu que lord Greenwald ! releva Rosalie.

— Tu n'oses pas comparer ce jeune sot à Malcolm, tout de même ? protesta Morgana sans s'apercevoir que le comte se tenait maintenant dans leur dos et qu'il ne perdait pas une miette de leur échange.

— Vous m'appelez par mon prénom et en plus vous prenez ma défense ? Prenez garde, votre sœur pourrait se méprendre et imaginer que vous commencez à éprouver quelques sentiments pour moi, miss Charbrey, souffla-t-il d'un ton goguenard dans son oreille.

Morgana sentit brusquement les battements de son cœur s'accélérer et elle ne put s'empêcher de sourire.

— Oh, mais j'éprouve effectivement des sentiments pour vous mon cher comte, vous m'irritez, m'agacez, m'horripilez...

Rosalie pouffa puis se renfrogna brusquement en voyant lord Menfield parvenir enfin jusqu'à elle.

— Lady Charbrey, fit-il en s'inclinant, j'espère qu'il reste un peu de place sur votre carnet de bal ?

— Pas vraiment. En réalité, je crains que vous n'arriviez un peu tard, milord, rétorqua Rosalie en se forçant à sourire.

— Oh… je vois.

Le jeune homme avala sa salive. Cela faisait maintenant trois semaines qu'il rendait visite à Rosalie au domicile de son horrible tante, l'excentrique et scandaleuse lady Carrington, et il devait bien reconnaître que ses projets n'avaient guère avancé. L'indifférence polie dont faisait preuve la jeune fille avait sérieusement mis ses nerfs à rude épreuve et il ne parvenait plus guère à contenir sa contrariété et son impatience.

— Peut-être pourrais-je aller vous chercher un rafraîchissement ? proposa-t-il alors à Rosalie en cachant sous un sourire obséquieux la contrariété qu'il ressentait.

— C'est très gentil, lord Menfield, mais je n'ai pas encore soif. Peut-être pourriez-vous faire plaisir à ma tante et l'inviter à danser ? suggéra la jeune fille.

Lord Menfield serra les dents mais réussit à garder un visage impassible.

— Bien entendu. Comme vous le savez, il n'y a rien que je puisse vous refuser, fit-il avant de se diriger vers Agatha qui conversait un peu plus loin avec le comte Charbrey et que le tout nouveau cavalier de Rosalie, un beau jeune homme brun à la mâchoire carrée, l'entraînait déjà sur la piste de danse.

— Morgana, accepteriez-vous de danser avec moi ? demanda soudain Malcolm en se tournant vers elle.

Elle eut un sourire d'excuses.

— Vous savez fort bien que j'ai un devoir à remplir et que je ne peux me laisser distraire.

— Ce rôle de chaperon est une gageure. Enfin, ne voyez-vous pas que, depuis qu'ils vous ont vue dans cette robe, la moitié des hommes de cette pièce sont subjugués par votre beauté ? Qu'il n'y en a pas un, moi y compris, qui ne rêverait de vous tenir dans ses bras ?

Morgana sourit. La couturière que lui avait trouvée Malcolm était extraordinaire. Dotée d'un grand talent et de beaucoup d'audace, elle avait défié les règles qui voulaient qu'une jeune fille ne porte que des couleurs pastel pour confectionner à Morgana une robe de soie vaporeuse d'un vert identique à la couleur de ses yeux et au décolleté vertigineux. Elle la portait ce soir ainsi qu'un collier et des boucles d'oreille en émeraudes que Malcolm lui avait fait livrer.

— Comment comptez-vous effrayer les prétendants de votre sœur alors que la plupart d'entre eux ne demanderaient qu'à vous aimer ? ajouta Malcolm.

Morgana leva les yeux au ciel.

— Les hommes ne sont pas tous des dévoyés, milord, la plupart d'entre eux n'ont pas les idées que vous leur prêtez !

Il afficha un air si sardonique et si drôle qu'elle éclata de rire.

— Soit, je veux bien reconnaître que j'ai surpris certains regards embarrassants…, admit-elle finalement.

Il s'esclaffa.

— Vraiment ?

— Mais ces gentlemen contrairement à vous ont su garder leurs distances.

— Ma chère, cela prouve simplement que je suis le seul à faire preuve d'un minimum de bon sens, décréta-t-il en lui jetant un regard tendre.

Elle pouffa.

— Je dirais plutôt que vous n'en possédez aucun.

Malcolm sourit. Une intimité troublante était née entre eux sans même qu'ils s'en rendent compte et ils étaient aussi à l'aise l'un avec l'autre que s'ils s'étaient toujours connus.

— Je pourrais fort bien vous retourner le compliment, mademoiselle Volta, fit-il en observant les invités.

Très rapidement, son attention fut attirée par lord Menfield et la manière étrange qu'il avait de scruter Rosalie et son élégant cavalier.

— Vous devriez vous méfier de ce garçon, fit-il en croisant les bras.

Morgana lui jeta un regard étonné.

— De quel garçon parlez-vous ?

— De lord Menfield. On le dit couvert de dettes de jeu… Ce jeune homme espère un riche mariage et les bienfaits qu'une telle union pourrait lui apporter.

Morgana fronça les sourcils.

— Pourquoi le devrais-je ? Ma sœur a toujours prétendu qu'elle n'avait nullement l'intention de l'épouser.

Il la toisa d'un air narquois.

— Je suis désolé de vous le dire mais le refus de votre sœur ne semble guère l'avoir découragé.

— Oh il finira bien à un moment ou à un autre par comprendre et renoncer, fit-elle en riant.

— Ou alors je peux aller lui parler…

Elle lui lança un regard affolé.

— Oh non, surtout pas ! On m'a parlé de la manière dont vous assenez vos arguments, lord Greenwald.

— Me prendriez-vous pour une brute, Morgana ? demanda-t-il d'un ton faussement vexé.

— Je le crains, milord. Mais après tout, que peut-on attendre d'autre d'un barbare écossais ? fit-elle d'un ton à la fois amusé et tendre.

— Oh mon cœur, tellement plus de choses que ce que vous vous imaginez !

— Ôtez tout de suite de votre visage ce sourire audacieux ou je vous gifle, l'avertit Morgana en riant.

— Inutile de le gifler ma chère, il en faudrait bien plus que ça pour décourager ses insolences. Bien des dames pourraient en témoigner, fit lady Walbert en apparaissant brusquement près d'eux.

Moulée dans une exquise robe de soirée rouge rehaussant son teint éclatant et la blondeur de ses cheveux, la marquise était incroyablement belle.

— Lady Walbert, la salua poliment Morgana.

— Miss Charbrey, répondit-elle avant de poser sa main avec possessivité sur le bras de Malcolm et d'ajouter en minaudant : vous avez promis la nuit dernière que vous m'inviteriez à danser, Malcolm.

Un éclair de colère mêlé d'appréhension traversa le regard du comte.

— Ce n'est ni le lieu ni le moment, marquise, rétorqua-t-il sèchement en libérant son bras de l'emprise de sa main.

— Pas le moment de danser ? Mais pourtant le lieu s'y prête à merveille, vous ne trouvez pas, lady Morgana ? fit-elle en se tournant vers elle.

— La marquise a raison, le lieu et l'endroit sont fort propices à ce genre d'activités, milord, rétorqua Morgana, les yeux rivés sur la main de lady Walbert qui se posait de nouveau sur le bras de Malcolm.

— Je suis navré mais je vais néanmoins décliner cette aguichante proposition, lança-t-il en la fixant d'un air menaçant.

La marquise soutint son regard puis elle plissa les lèvres, contrariée.

— Voyez ma chère comme les hommes sont lunatiques... Doux et prévenants la nuit, odieux et froids le jour... Et dire que l'on reproche aux femmes leur versatilité.

Doux et prévenants la nuit ? ! Morgana avait l'impression qu'une main invisible serrait son cœur et qu'il s'apprêtait à exploser.

— Carolina, il suffit ! rugit aussitôt Malcolm.

— Oh Malcolm, ne soyez donc pas si vieux jeu. Miss Charbrey a beau être une jeune fille, elle n'en est pas pour autant pudibonde. Ai-je tort, lady Morgana ? fit-elle en éclatant d'un rire argentin.

Les yeux de Morgana se posèrent sur le visage de Malcolm, cherchant un indice qui puisse la rassurer, mais l'expression du comte révélait bien au contraire sa culpabilité et elle sentit ses jambes brusquement flageoler.

— En effet, je ne le suis point, marquise, fit-elle d'un ton faussement indifférent tandis qu'un sentiment de jalousie lui perforait la poitrine et l'âme.

Lady Walbert l'observa avec insistance, espérant de toute évidence voir l'effet de son annonce et de ses provocations mais Morgana était bien trop fière pour lui offrir ce plaisir.

— Je vais aller rejoindre ma sœur. Je vous souhaite une bonne soirée, comte, lady Walbert...

Puis elle tourna les talons et s'éloigna aussi vite de Malcolm que ses jambes et la décence le lui permettaient.

Chapitre 15

La douleur dans la poitrine de Morgana était insoutenable. Refoulant les larmes qui menaçaient de la submerger, elle avançait hagarde et tremblante au milieu des invités comme à travers une nappe de brouillard. Malcolm et la marquise... elle ne pouvait y croire... Oh bien sûr, elle n'ignorait pas l'intérêt que cette femme lui portait mais les voir ensemble, savoir que Malcolm était désormais à elle, qu'il l'aimait sans doute, était si insoutenable qu'elle ne parvenait pratiquement plus à respirer. Mon Dieu, pourquoi ne lui avait-il rien dit ? Pourquoi avait-il joué cette comédie ? Pourquoi lui avoir fait la cour alors qu'il était si étroitement attaché à une autre ? À quoi cela lui avait-il servi ? Elle n'en comprenait ni le sens ni la raison...

— Morgana, tu es toute pâle, tu te sens bien, mon enfant ? demanda discrètement le comte Charbrey en s'approchant d'elle d'un air inquiet.

— Ce n'est rien, ce doit être la chaleur, ça va passer, rétorqua Morgana en s'efforçant tant bien que mal à cacher son désarroi sans y parvenir tout à fait.

— Hum... il est vrai qu'on étouffe dans cette salle. Mais pourquoi n'ouvrent-ils donc pas les fenêtres ? Je me demande comment votre sœur se débrouille pour continuer à danser sans même prendre le temps de se reposer…

Morgana sursauta. Rosalie… elle avait totalement oublié Rosalie…

— Charbrey, cher ami, Dieu merci vous êtes là ! fit tout à coup un homme inconnu en s'approchant d'eux.

— Lord Borrow, vous êtes bien le dernier homme que je m'attendais à voir ici, rétorqua lord Charbrey d'un ton enjoué.

— Oh, croyez-moi, j'ai âprement lutté pour l'éviter, mais vous connaissez ma femme…

Le comte Charbrey acquiesça d'un air compatissant.

— Elle m'a fait un foin du diable pour me traîner dans cette fournaise et j'ai eu la faiblesse de lui céder.

Constatant avec soulagement que les deux hommes ne lui portaient guère d'attention, Morgana s'éclipsa et partit à la recherche de Rosalie.

— Morgana ?

— Oui, ma tante ?

— Je vous vois longer cette pièce de long en large depuis près de dix minutes, que se passe-t-il ? demanda lady Carrington en plissant les yeux.

— Je ne parviens pas à trouver Rosalie, avoua-t-elle d'un ton gêné.

— Je ne comprends pas, lord Menfield est venu la chercher il y a quelques minutes pour lui dire que vous souhaitiez prendre un peu l'air et qu'elle devait vous rejoindre sur la terrasse…

Morgana blêmit brusquement.

— Lord Menfield ? Vous en êtes certaine ?

— Bien entendu, je ne suis pas encore sénile à ce que je sache.

Qu'avait dit Malcolm déjà ? Que lord Menfield avait le regard d'un homme déterminé et prêt à tout pour obtenir ce qu'il désirait ? Oh mon Dieu ! Pourquoi ne l'avait-elle pas mieux écouté ? Elle aurait dû mettre en garde Rosalie contre ce scélérat, lui interdire de rester seule avec lui, mais non, non, à la place elle avait perdu son temps à écouter les fadaises de la marquise et avait laissé ses émotions prendre le pas sur ses responsabilités et voilà où elle en était…

— Je vais la chercher, fit-elle avant de se diriger d'un pas rapide vers les portes-fenêtres de la grande salle de bal et de se précipiter à l'extérieur. Le jardin était faiblement éclairé par des bougies. Elle pouvait entrevoir de-ci de-là des ombres qui se déplaçaient. Devinant que le fils du duc d'Allington avait dû entraîner Rosalie à l'abri des regards indiscrets, elle prit un bougeoir puis avança rapidement vers le coin le plus sombre et le plus isolé, là où elle savait qu'il pourrait agir à sa guise sans crainte d'être dérangé. Comme elle s'y attendait, elle ne tarda pas à entendre des cris étouffés. Saisie d'effroi, elle attrapa le poignard qu'elle portait constamment attaché à sa cheville puis se mit à parcourir une vingtaine de mètres avant d'apercevoir deux silhouettes allongées sur le sol. Celle du dessous, Rosalie, se trémoussait et tentait de repousser son agresseur tandis que celle du dessus, lord Menfield, s'échinait maladroitement à soulever sa robe. Le cœur de Morgana s'arrêta tandis que le souvenir de la scène à laquelle elle avait assisté enfant défilait soudain dans sa tête sans qu'elle puisse l'empêcher.

— Laissez-la, monsieur, ou je vous jure que je vous tue ! fit-elle en sautant sur le dos de lord Menfield comme une furie.

Il écarquilla d'abord les yeux d'un air stupéfait en sentant le couteau qu'elle avait glissé sous sa gorge puis dit d'un air hautain en la reconnaissant.

— Espérez-vous vraiment me faire peur avec ce poignard, miss Charbrey ?

— Ne sous-estimez pas ma détermination à sauver ma sœur du déshonneur, lord Menfield, ce serait une grave erreur, fit-elle d'un ton glacial en appuyant suffisamment la lame pour faire couler un léger filet de sang.

— Je sais que vous venez de trouver miss Rosalie dans une situation des plus compromettantes mais croyez-moi, je suis tout prêt à réparer, décréta-t-il d'un ton bien moins assuré.

Morgana émit un rire âpre.

— Quelle situation « compromettante », milord ? De quoi parlez-vous ? Ma sœur est en compagnie de son chaperon, je ne vois là rien qui puisse ternir sa réputation, déclara-t-elle tandis que la pauvre Rosalie écrasée par le poids de son agresseur et de sa sœur poussait de petits gémissements.

— Tout va bien, Rosalie ? lui demanda doucement Morgana, toujours allongée sur le dos de lord Menfield.

— Je... je... j'étouffe.

Tirant brutalement les cheveux de lord Menfield en arrière, Morgana le renversa sur le dos et, tout en prenant grand soin de ne pas ôter la lame de sa gorge, libéra Rosalie de leurs deux poids conjugués.

— C'est mieux comme ça ? demanda Morgana en la regardant se relever maladroitement.

— Oui, oui, je... Ne t'inquiète pas pour moi, répondit Rosalie en jetant un regard anxieux à Morgana. Tu ne vas pas le tuer, n'est-ce pas ?

— Pourquoi ? Après tout, je ne fais que défendre l'honneur de ma sœur, personne ne trouverait là matière à me le reprocher, dit-elle en tenant toujours d'une poigne de fer les cheveux du jeune lord et de l'autre main son couteau sur sa trachée.

Rosalie ne put s'empêcher de grimacer. Elle ne pensait pas Morgana capable de prendre la vie d'un homme mais sa sœur n'était pas elle-même, elle le sentait et ça l'effrayait.

— Morgana, je t'en prie, il n'est pas parvenu à ses fins, tu... tu n'as pas besoin de faire ça, fit-elle d'un ton angoissé.

— Miss Charbrey, commença lord Menfield d'une voix tremblante, je vous assure que...

— Taisez-vous !

— Vous avez décidément une manière fort originale de pimenter vos soirées, miss Charbrey, fit soudain une voix grave à quelques mètres de là.

Morgana tourna la tête puis soupira :

— Comte Greenwald... Ce jardin est décidément des plus mal fréquentés !

Leurs regards se croisèrent et la peine et la colère qu'il lut dans les yeux de Morgana lui fit l'effet d'un coup de poing.

— Morgana...

— Comte Greenwald, je n'ai ni le temps ni le goût de converser avec vous pour le moment, je suis fort occupée, répondit-elle sèchement.

— C'est ce que je constate, en effet, fit-il en s'accroupissant près de lord Menfield. Alors mon vieux, qu'avez-vous donc bien pu faire pour vous retrouver dans cette ridicule situation ?

— Sortez-moi de là, Greenwald, je vous assure qu'il s'agit d'un regrettable accident.

Malcolm fronça les sourcils.

— Un accident ?

— Oui, oui, une histoire idiote... Avec cette obscurité et l'humidité, miss Rosalie Charbrey a glissé et j'ai voulu la rattraper avant qu'elle ne se blesse et...

— On ne vous a jamais dit qu'il était très vilain de mentir, milord ? Cet ignoble pourceau a tenté d'abuser de ma sœur ! l'interrompit Morgana d'un ton outré.

Malcolm jeta un œil inquiet à Rosalie et sentit aussitôt une rage froide le gagner.

— C'est vrai ça, Menfield ? Vous avez osé vous en prendre à une innocente ?

— Non, non, je vous l'ai dit, il s'agissait d'un accident !

— Un accident... allons donc... railla Morgana.

— Vous permettez ? demanda Malcolm en écartant délicatement le couteau de la gorge du jeune lord.

Morgana ne protesta pas, elle n'avait jamais eu vraiment l'intention de tuer ce scélérat, juste de l'effrayer et, de ce point de vue, elle avait parfaitement réussi. Menfield la dévisageait avec une crainte non dissimulée qui la ravissait.

— Puisque vous y tenez, fit-elle en se redressant.

Dès qu'il fut libéré du poids de Morgana, Malcolm saisit Menfield au collet et le remit brutalement sur ses jambes.

— Mes témoins seront chez vous à l'aube. Que préférez-vous ? Le pistolet ? l'épée ? les deux ?

Connaissant la réputation de bretteur et de tireur de Malcolm, lord Menfield n'avait aucune chance d'en réchapper quelle que soit l'arme qu'il choisirait et il le savait parfaitement.

— Pourquoi en venir à de telles extrémités Greenwald, il… il n'y a tout de même pas matière à… Non. Et les raisons de ce duel ruineraient à coup sûr la réputation de miss Charbrey, ce n'est pas ce que vous voulez, n'est-ce pas ?

— Vous vous défilez ?

— À ce qu'il semble en effet.

— Vous n'êtes qu'un immonde lâche, fit Malcolm avec un sourire mauvais en lui assenant un uppercut si violent qu'on entendit sa mâchoire se briser.

— Oh mon Dieu ! Vous l'avez tué ! s'écria tout à coup Rosalie en voyant lord Menfield étendu sur le sol.

— Pas encore mais ça peut s'arranger, fit Malcolm en soulevant le jeune lord comme s'il s'était s'agit d'un pantin désarticulé.

Morgana haussa les sourcils en se demandant s'il plaisantait puis, comprenant qu'il n'en était rien, poussa un long soupir excédé.

— Si vous n'avez aucun égard pour les miens, songez aux nerfs de ma sœur, milord, elle a été déjà suffisamment éprouvée ce soir, fit-elle en lui indiquant d'un mouvement de tête Rosalie, qui le regardait les yeux écarquillés.

Malcolm haussa les épaules d'un air contrarié et laissa retomber lourdement Menfield sur le sol.

— Vous devriez emmener votre sœur auprès de votre oncle et de votre tante, miss Charbrey…

Rosalie secoua la tête.

— Ne le laisse pas le tuer, s'il te plaît, fit-elle en lançant un regard suppliant à Morgana.

Morgana leva les yeux au ciel puis soupira avant de dire :

— Ma sœur s'inquiète du sort que vous allez réserver à ce jeune scélérat, lord Greenwald. Pouvez-vous la rassurer et lui dire que vous ne comptez ni le trucider ni jeter son corps dans la Tamise ?

Malcolm se retint de rire puis, plongeant ses yeux dans les siens, déclara doucement :

— Je vous promets de le ramener chez lui une fois que nous aurons terminé notre discussion, cela vous convient-il ?

— Non, ce qui me conviendrait, ce serait que vous tombiez sur un homme capable de vous rosser comme vous venez de rosser cette crapule mais je suppose que ce serait un peu trop demander, lança Morgana d'un ton sarcastique avant de glisser son bras sous celui de sa sœur et de l'entraîner vers les lumières lointaines de la salle de bal.

Chapitre 16

En arrivant chez lady Carrington, Morgana, dévastée par l'inquiétude et la culpabilité, se chargea seule de préparer Rosalie pour le coucher. Le pire, ce soir, avait pu être évité mais elle s'en voulait terriblement de son manque de vigilance et de l'épreuve que, part sa faute, sa sœur avait dû affronter.

— Cela fait au moins trois ans que tu ne t'es pas occupée de moi de cette façon, remarqua Rosalie tandis qu'elle lui tendait sa chemise de nuit.

— J'ai eu très peur pour toi ce soir…

— Moi non, j'ai toujours su que tu viendrais me sauver, fit-elle d'un ton si confiant que Morgana en eut les larmes aux yeux.

— Je ne mérite pas ta confiance. Si j'étais restée près de toi, comme mon rôle de chaperon l'exigeait, rien de tout cela ne serait arrivé.

Rosalie s'assit devant la coiffeuse et sourit devant la glace.

— Mais aucun chaperon n'aurait pu se montrer aussi efficace que toi. Mon Dieu, quand je songe à l'expression de lord Menfield quand il a cru que tu allais le tuer ! s'esclaffa-t-elle.

Morgana prit la brosse à cheveux et secoua la tête.

— Il l'a échappé belle, tu sais…

— Et il en a conscience. Je crois que, de sa vie, il n'osera plus jamais t'approcher.

— Mais je l'espère bien.

— Oh ce que je suis contente que lord Greenwald lui ait réglé son compte.

En entendant sa sœur prononcer le nom de Malcolm, Morgana se figea.

— Oui... oui... c'était une bonne chose en effet, fit-elle d'une voix tremblée.

— Tu sais, je commence sincèrement à l'apprécier. Je veux dire... il n'est pas du tout l'homme que je croyais.

Morgana sentit aussitôt sa gorge se nouer.

— Rosalie, tu ne t'es pas...

Elle hésita.

— ... éprise de lord Greenwald, j'espère ?

— Mais non enfin, et puis d'ailleurs à quoi cela servirait-il puisqu'il en aime une autre ? rétorqua Rosalie d'un ton espiègle.

Morgana pinça les lèvres et s'efforça de cacher le désespoir qui l'envahissait.

— Ainsi tu es au courant ?

— Il serait difficile de l'ignorer.

Elle déglutit puis poussa un long soupir.

— Bien sûr, j'imagine que je ne suis pas la seule à qui lady Walbert l'ait annoncé.

— Lady Walbert ?

— Oui, qui d'autre ? J'imagine que tu étais avec notre tante lorsqu'elle est venue lui faire part de cette nouvelle.

— Mais de quoi parles-tu, Morgana ? demanda Rosalie en levant les yeux vers elle.

— Mais de lord Greenwald et de la marquise, bien sûr.

Rosalie lui lança un regard atterré.

— Lord Greenwald ET lady Walbert ?!

— Je ne comprends pas ton étonnement. Ne viens-tu pas de me dire à l'instant que tu étais au courant ?

— Je parlais de toi, Morgana. Non de cette femme.

Morgana sentit ses jambes se dérober.

— De moi ?

— Bien entendu. Tu penses vraiment que les piques et les sarcasmes que vous échangez aient pu un instant me leurrer ? Crois-tu que je n'ai pas vu les gestes que vous contenez, les regards que vous vous lancez ? Je sais qu'il t'aime Morgana et que tu l'aimes en retour, ça saute aux yeux.

— Oui, voilà bien le comportement d'un homme amoureux, en vérité ! lança d'un ton amer Morgana.

Rosalie secoua la tête.

— Je suis certaine qu'il y a une explication à tout cela.

— Quand bien même il y en aurait une, je doute qu'elle puisse m'intéresser.

— À qui espères-tu faire croire ça ?

Les battements du cœur de Morgana se mirent à accélérer.

— Rosalie...

— Pourquoi t'obstiner à me mentir ? À prétendre ne rien ressentir pour lui ?

Morgana lui jeta un regard surpris.

— Je ne suis plus une enfant que tu dois ménager. Cela fait déjà quelque temps que j'envisage la possibilité que tu puisses épouser lord Greenwald et nous quitter.

Morgana haussa les sourcils.

— Tu crois que c'est pour t'épargner que je ne me suis point confiée ?

— Pour quelle autre raison ne l'aurais-tu pas fait ?

Des larmes montèrent aux yeux de Morgana.

— Mais parce que je n'avais pas compris la teneur de mes sentiments jusqu'à ce soir ! Parce que je ne réalisais pas que j'éprouvais plus pour Malcolm qu'un simple désir, parce que j'ai été aussi aveugle que stupide ! avoua-t-elle en éclatant brutalement en sanglots.

Pourquoi avait-il fallu qu'elle perde Malcolm pour réaliser ce qu'il signifiait pour elle ? C'était un mystère. Mais à l'idée de ne plus jamais le revoir, de ne plus partager toutes ces discussions passionnantes avec lui, de ne plus le toucher, de ne plus sentir ses regards osés qui savaient si bien la faire rougir, Morgana avait envie de se rouler sur le sol et de se mettre à hurler.

Rosalie embarrassée et peinée hésita puis l'attira doucement dans ses bras.

— Oh Morgana… je ne savais pas… je croyais que… Oh je suis désolée…

— Je me suis montrée tellement ridicule, gémit-elle.

— Non, non, bien sûr que non…

— Oh si ! Il faut être la dernière des idiotes pour s'enticher du plus grand débauché de Londres, d'un sale égoïste, cynique et dépourvu du moindre sens moral !

— Tu ne penses pas que tu exagères un peu ?

— Non ! Crois-moi, je suis même en dessous de la vérité !

— Morgana, peut-être l'affaire n'est-elle pas aussi sérieuse que tu l'imagines entre la marquise et lui ? déclara Rosalie.

Morgana leva doucement la tête de son épaule, les joues inondées de larmes, et dit soudain d'un ton étrangement calme :

— Et même si cela était, qu'est-ce que ça changerait, au fond ?

— Que veux-tu dire ?

— Je ne veux pas ressembler à toutes ces femmes que les hommes comme Malcolm délaissent pour s'encanailler, Rosalie, je ne veux pas jouer les parfaites maîtresses de maison pendant qu'il va à son club et dépense ma fortune… Je veux… je veux un autre destin, je ne veux pas aliéner ma liberté, mon existence et celle de ma famille pour une simple inclination.

— Une simple inclination ? Morgana, depuis le temps que je te connais, je ne t'ai jamais vu agir de cette façon !

— Je sais. J'imagine ce que tu dois penser de moi. Je suis tellement désolée…, fit-elle en se mouchant.

— De quoi devrais-tu être désolée ? D'avoir un cœur et d'être tombée amoureuse ? Parce que si c'est de cela qu'il s'agit, tu n'as vraiment pas à t'excuser !

Morgana s'assit lourdement sur le lit.

— Oh mon Dieu, que vais-je faire maintenant ?

— Mais quitter Londres, évidement ! fit Rosalie comme si c'était une évidence.

Morgana poussa aussitôt un hoquet de surprise.

— Tu veux que je t'abandonne ?

— Bien sûr que non. Je rentre avec toi à la maison.

— Tu oublies que la saison n'est pas terminée. Il y a ces invitations… Toutes ces soirées où tu es conviée…

— Morgana, tu m'as convaincue de venir dans cette ville pour me trouver un mari mais il n'y a personne parmi mes prétendants qui me donne envie de souscrire à un tel engagement. À quoi cela servirait-il que je reste plus longtemps ?

Morgana avait tenu la promesse qu'elle avait faite à Rosalie de lui trouver un nouvel éditeur. Le roman de la jeune fille, *Le cœur et la raison* allait être publié dans quelques mois par la respectable maison d'édition Carter and Brown et tous étaient certains qu'il remporterait un vif succès. Elle n'avait donc plus de raison de s'attarder à Londres et encore moins de continuer à supporter une horde de prétendants aussi insipides que peu inspirés.

— Je ne peux te demander un tel sacrifice, protesta Morgana.

— Un sacrifice ? Mais le sacrifice ce serait de ne pas rentrer chez nous, Morgana ! La maison me manque, mes sœurs me manquent et, si ça n'avait pas été pour te faire plaisir, je serais repartie à Charbrey depuis deux semaines déjà !

Quitter Londres ? Oui, Rosalie avait certainement raison, c'était le seul choix qui s'imposait. Et l'idée de croiser Malcolm et la marquise se pavanant ensemble dans les bals et les salons était bien trop douloureuse pour qu'elle puisse décemment le supporter.

— Très bien dans ce cas, nous partirons dès demain.

Une lueur de soulagement traversa le regard de Rosalie.

— Demain ? Tu n'as pas peur que notre tante ne trouve ce départ un peu précipité ?

— Tout dépend de la manière dont on le présente et tante Agatha n'est pas femme à se formaliser.

Rosalie esquissa un sourire.

— Non assurément.

— Puisque nous sommes d'accord, je vais l'en avertir.

Rosalie la fixa d'un air étonné.

— Elle n'est pas encore couchée ?

— Non, elle et notre oncle attendent de tes nouvelles dans la bibliothèque… Ils étaient terriblement inquiets pour toi, tu sais ?

— Rassure-les, dis-leur que je vais très bien et que je suis bien moins traumatisée par cette expérience que ne l'est probablement lord Menfield à l'heure qu'il est.

Malgré sa profonde tristesse, Morgana ne put s'empêcher de sourire à cette remarque.

— Je le leur dirai. Allez, il est temps que tu ailles dormir maintenant, fit-elle en saisissant le chandelier qui se trouvait près du lit.

— Morgana ? la rappela Rosalie tandis qu'elle se dirigeait vers la porte.

— Oui ?

— Quoi qu'il arrive, je suis là si tu as besoin de moi.

Morgana esquissa un petit sourire sans joie puis quitta la chambre avant de se remettre à pleurer.

Mon Dieu, comment avait-elle pu ne pas comprendre plus tôt à quel point elle aimait lord Greenwald ? Quelque chose clochait-il chez elle ? Pourquoi n'était-elle pas comme toutes les autres jeunes femmes et ne parvenait-elle pas à se contenter de la vie à laquelle elles semblaient toutes aspirer ? Pourquoi devait-elle souffrir pour avoir le droit d'être elle-même ? Rien de tout cela n'était juste. Non, rien.

Chapitre 17

— Alors, comment se porte votre sœur ? demanda de but en blanc lady Carrington, tandis que Morgana entrait dans la bibliothèque.

— Très bien eu égard aux circonstances, répondit Morgana.

— Je suis si furieux que je ne sais par où commencer. Mais enfin, Morgana, où étiez-vous donc passée ? Pourquoi n'êtes-vous pas restée aux côtés de Rosalie ! rugit tout à coup lord Charbrey.

Morgana, nullement impressionnée, se contenta de hausser les épaules.

— Lord Menfield a menti à Rosalie et a utilisé une ruse infâme pour l'entraîner loin de ma vigilance, expliqua-t-elle.

— C'est un sale individu, un monstre, je vais le…

— Oh par pitié, mon oncle, soyez assez bon pour ménager nos oreilles et ne point affoler inutilement les domestiques. Rassurez-vous lord Menfield a eu la leçon qu'il méritait, lança Morgana avec un sourire sardonique.

— Je doute que cela suffise à laver un tel affront, gronda-t-il en se calmant légèrement.

— Je l'aurais volontiers égorgé pour vous faire plaisir mon oncle, mais Rosalie a protesté avec tant de virulence lorsque j'en ai manifesté l'intention que j'ai dû finalement renoncer, déclara-t-elle.

Lady Carrington s'esclaffa aussitôt.

— Oh Morgana, quel humour délicieux vous avez...

— Hélas, ma tante, je crains que vous n'ayez bientôt plus le loisir d'en profiter, soupira-t-elle.

— Qu'est-ce à dire ?

— Nous avons l'intention de quitter Londres dès demain et de rentrer à Charbrey.

Lady Carrington fronça aussitôt les sourcils. Elle avait bien remarqué quand Morgana était entrée dans la pièce que ses yeux étaient rouges et gonflés mais elle avait attribué cette petite faiblesse à un excès d'émotions. Elle se demandait maintenant si elle avait eu raison et si quelque chose ne lui avait pas échappé.

— Dès demain ? Toutes les deux ?

— Oui, ma tante.

— Mais Rosalie n'a pas terminé la saison...

— Elle ne tient pas à rester davantage, la maison lui manque et, pour tout dire, je crois qu'elle n'est pas encore prête à se marier.

— Je vous l'avais bien dit, rappela en souriant lord Charbrey.

— Fort bien, si c'est ce qu'elle désire... mais je crains néanmoins que votre départ précipité ne paraisse fort curieux. De là à ce que les gens s'imaginent qu'il s'est produit un drame..., soupira lady Carrington.

— Et bien dites qu'il s'en est effectivement produit un, que j'ai fait une rechute, que le séjour à Londres m'a épuisée et que ma sœur a décidé de retourner avec moi à Charbrey afin de me soutenir dans cette épreuve...

Lady Carrington fronça les sourcils.

— Je doute que lord Greenwald se contente de cette explication.

Morgana sentit un vent de colère soudain la traverser.

— Lord Greenwald n'a pas son mot à dire là-dedans. Il se contentera comme tout le monde de ce que vous lui direz. De plus, je ne crois pas qu'il se soucie vraiment de ce que je fais ou de ce qui peut m'arriver, gronda-t-elle excédée.

Lord Charbrey et lady Carrington échangèrent un regard surpris.

— Morgana, s'est-il passé quelque chose de particulier ? Le comte vous aurait-il fâchée ? demanda sa tante d'un ton prudent.

— S'est-il montré inconvenant ? ajouta aussitôt d'un ton contrarié le comte Charbrey.

— Je ne veux plus parler ni jamais revoir ce monsieur ma tante et non, mon oncle, il n'a pas eu à mon égard le moindre geste inconvenant, du moins, pas ces derniers temps. Maintenant, si vous voulez bien m'excuser, je vais prendre congé et aller me coucher, fit-elle en quittant la pièce sans attendre la réponse.

Elle avait à peine franchi le seuil que le comte se tournait vers lady Carrington.

— Eh bien voilà au moins une affaire réglée, fit-il d'un air satisfait.

— De quelle affaire parles-tu ?

— Mais de cette histoire impossible entre Morgana et le comte Greenwald, déclara-t-il d'un ton satisfait.

Elle fit la moue.

— J'en doute fort...

— Elle a pourtant pris la décision de rentrer.

— Oui et j'en suis la première étonnée...

— Et moi je ne suis point mécontent qu'elle ait enfin repris ses esprits.

— Oh tu es incorrigible ! N'as-tu donc pas remarqué que cette petite venait de pleurer, ni qu'elle était très malheureuse ?

Le comte eut l'air consterné.

— Morgana ? Pleurer ?

— J'en ai bien peur, en effet.

Lord Charbrey réfléchit quelques secondes puis dit d'un air songeur :

— J'ai bien vu que quelque chose n'allait pas. Tout à l'heure au bal, elle avait l'air totalement bouleversée. Penses-tu que quelque chose d'autre soit arrivé ?

Elle haussa les sourcils.

— Qu'appelles-tu « bouleversée » ?

— Elle était d'une pâleur à faire peur et j'ai cru un instant qu'elle allait se trouver mal...

— Et c'est maintenant que tu le dis ? fit-elle en secouant la tête d'un air réprobateur.

— Oh, que veux-tu que je fasse ? Depuis qu'elle est ici, Morgana est devenue une véritable énigme pour moi, tenta-t-il de se défendre.

— Je ne vois aucune explication à tout cela si ce n'est que lord Greenwald et elle ont sûrement dû se disputer...

Un éclair de colère traversa le regard du comte.

— Alors tu penses que c'est à cause de lui ?

Elle exhala un long soupir.

— Ou à cause d'elle ou même des deux, qu'importe, de toute manière, le résultat est le même, un terrible gâchis...

Il lui lança un regard sévère.

— À t'entendre, on dirait que tu es déçue ?

Elle afficha un sourire à la fois triste et résigné.

— Je le suis. Et si tu étais moins obtus, ça ferait longtemps que tu aurais compris que ces deux-là sont faits l'un pour l'autre.

Chapitre 18

Dix minutes plus tard, Morgana, ivre de sommeil, s'écroulait sur son lit.

Profondément endormie, elle ne sentit pas tout de suite le matelas s'enfoncer, ni même les mains habiles de lord Greenwald glisser délicatement sur sa chemise de nuit.

— Morgana, souffla-t-il doucement à son oreille.

Pénétrer par la fenêtre entrouverte de la chambre d'une jeune fille en pleine nuit était pure folie mais le comte n'en avait cure. En raison des événements qui s'étaient déroulés et du départ intempestif du clan Charbrey lors de la soirée, il n'avait pas eu l'occasion d'expliquer la vérité à Morgana concernant la relation qu'il entretenait avec lady Walbert, et il imaginait aisément ce qu'elle avait pu penser après la manière possessive dont cette garce de marquise s'était comportée.

— Hum...

— Mon cœur...

Tout avait l'air si irréel qu'elle crut d'abord rêver.

— Malcolm, gémit-elle dans un demi-sommeil.

— Oui, mon ange, dit-il en promenant légèrement ses doigts sur la courbe de ses hanches.

— Ne me laisse pas... Je ne veux pas partir..., soupira-t-elle.

— Et jamais je ne vous permettrais de me quitter, mon amour, souffla-t-il d'une voix rauque en l'embrassant dans le cou.

Le soupir qui s'échappa de ses lèvres n'éveilla pas Morgana. Se croyant plongée dans un songe, elle n'avait aucune, mais alors absolument aucune envie de s'extraire de son rêve et de retourner à la réalité. Malcolm l'aimait, il était près d'elle et l'appelait mon amour... Rien ne pouvait la convaincre de renoncer à cet instant de félicité.

— Morgana, je vous en prie, éveillez-vous..., fit-il d'un ton suppliant avant de poser ses lèvres sur les siennes et de l'embrasser, ce qui eut pour effet immédiat de la faire reprendre contact avec la réalité.

— Ma... Malcolm ?

— Oui...

Elle écarquilla les yeux.

— Vous... vous êtes réel ?

Malcolm se pencha au-dessus d'elle et plaqua sa bouche sur la sienne. Ses lèvres étaient possessives et douces et elle sentit des tremblements la secouer.

— Alors, qu'en dites-vous ?

— Je... je... mais... oh mon Dieu ! s'écria-t-elle rouge de confusion en rabattant prestement le drap sur sa chemise de nuit.

— Morgana, ne hurlez pas, je ne voudrais pas être interrompu avant que nous n'ayons terminé cette conversation, fit-il en soupirant.

— Quelle conversation ? Je ne veux plus jamais vous revoir ! Je vous déteste ! Sortez ! cracha-t-elle en lui lançant un regard haineux.

Il leva les yeux au ciel puis secoua la tête.

— Non, vous ne me détestez pas et non, vous ne voulez pas que je m'en aille…

— Vous êtes d'une suffisance peu commune, milord ! Pouvez-vous supposer que…

— … parce que vous m'avez supplié de ne point le faire. Quels étaient vos mots déjà ?… Ah oui, « Malcolm, ne me laisse pas, je ne veux pas partir… ».

Elle faillit s'étouffer d'indignation.

— Je n'ai jamais dit ça !

— Si, mon ange, vous l'avez fait dans votre sommeil alors que vous rêviez.

Réalisant qu'il était parfaitement sincère, Morgana rougit brusquement.

— Oh vous êtes… vous êtes… un…

— Quoi ? Un homme ? Un dépravé ? Un vil suborneur ? fit-il d'un air narquois.

Elle lui jeta un regard noir.

— Exactement !

— Je pourrais prétendre que vous vous méprenez mais ce ne serait pas honnête, remarqua-t-il avec un sourire qui la fit pratiquement chavirer.

— Comment êtes-vous entré ?

— Vous avez laissé votre fenêtre ouverte, fit-il en saisissant l'étui et le poignard qu'elle avait posé sur sa table de chevet. Intéressant… Je suppose qu'il s'agit du couteau avec lequel vous comptiez écourter la vie de lord Menfield, celui que je vous ai vu remettre subrepticement sous vos jupes ?

Elle ignora sa question puis l'observa un instant. Il ne portait pas de veste, sa chemise était légèrement déchirée et il avait éraflé ses bottes en escaladant le mur de la maison.

— Que venez-vous faire dans ma chambre au milieu de la nuit, lord Greenwald ? demanda-t-elle soudain en s'efforçant de parler d'un ton posé.

— Après ce qui s'est passé ce soir avec lady Walbert, je tenais à vous parler…

Elle leva la main aussitôt pour l'empêcher de continuer.

— Vous… vos relations avec la marquise ne me concernent en rien, milord.

— C'est faux et vous le savez. Bon sang, Morgana, je sais que je vous ai blessée et il n'y a rien que je ne ferais pour me faire pardonner…

Elle se mordit nerveusement les lèvres et redressa fièrement le menton.

— Cette démarche est inutile, croyez que j'ai parfaitement compris votre situation. Vous n'avez en aucune façon à vous justifier. Lady Walbert est très belle et très appréciée, je ne vois là rien à redire… Maintenant partez !

Il soupira.

— Morgana, cessez donc ces enfantillages et écoutez-moi… Cette garce vous a volontairement induite en erreur…

Morgana haussa les sourcils.

— Insinuez-vous que lady Walbert n'est pas votre maîtresse ?

— Oui, enfin non…

Morgana sentit toute couleur la déserter.

— Morgana, j'étais ivre, ça ne s'est passé qu'une seule fois, la nuit dernière… Je n'ai jamais eu l'intention de poursuivre et d'officialiser cette relation.

— Voilà un comportement bien peu honorable et qui ne plaide guère en votre faveur, remarqua-t-elle sèchement.

— La marquise savait parfaitement à quoi s'en tenir, mon cœur. Elle est au fait depuis bien longtemps des sentiments que je vous porte… Elle a agi par jalousie et je ne lui pardonnerai jamais de vous avoir blessée…

Morgana sentit sa gorge se nouer.

— Je… je ne suis nullement blessée.

— Si, vous l'êtes, vous l'êtes parce que vous m'aimez. D'ailleurs, si j'avais le moindre doute quant à vos sentiments, le fait que vous rêviez de moi la nuit et que vous m'appeliez dans votre sommeil a largement suffi à le dissiper, insista-t-il en lui lançant un regard appuyé qui la fit rougir jusqu'aux oreilles.

— Je ne vous ai pas appelé dans mon sommeil !

— Si, vous l'avez fait, mais peu importe. Épousez-moi, Morgana, devenez la comtesse Greenwald.

Elle sentit aussitôt la colère l'envahir.

— Comment osez-vous me demander ma main alors que vous sortez à peine du lit d'une autre femme ? N'avez-vous donc aucune décence ?

Une lueur d'intense satisfaction s'alluma dans le regard de Malcolm.

— Jalouse ?

Morgana faillit suffoquer d'indignation.

— Non, espèce de paon arrogant, je ne suis pas jalouse ! Mais je trouve qu'il faut manquer sérieusement de bon sens pour penser que j'accepterais de me marier avec un débauché et un menteur !

— Un débauché je vous le concède, mais un menteur…, fit-il avec un sourire narquois avant de poser ses lèvres si tendrement sur les siennes qu'elle se sentit fondre immédiatement.

— Je vous aime…, murmura-t-il.

— Je ne vous crois pas !

— Je vous aime et je vous promets qu'à partir de maintenant, je vous serai fidèle…

Elle détourna le regard.

— Je ne veux pas vous écouter…

Avec ses cheveux longs, légèrement décoiffés, et sa mine boudeuse et entêtée, elle était irrésistible… et la patience de Malcolm était totalement épuisée. Il la voulait avec une force qui dépassait la raison et n'était plus à même de résister au désir qui le consumait depuis des semaines.

— J'aurais préféré ne pas en arriver à de telles extrémités mais puisque vous m'y contraignez, fit-il en la faisant entièrement basculer sur le dos et en s'allongeant au-dessus d'elle.

— Mais que faites-vous ? gronda-t-elle en tentant inutilement de le repousser.

— Vous êtes une véritable tête de mule, mon cœur, mais je suis bien déterminé à vous démontrer à quel point vos réticences sont infondées, expliqua-t-il en bloquant ses bras d'une seule main.

— Malcolm, vous n'allez pas… ?

— Oh que si…, fit-il en déboutonnant de son autre main sa chemise de nuit.

— Lord Greenwald, je vous préviens, je vais hurler, fit-elle sans pouvoir réprimer les frissons d'anticipation qui la parcouraient tout entière.

— Un esclandre ? Parfait, voilà qui m'assurerait à coup sûr d'obtenir votre main, fit-il avec un sourire si triomphant qu'il annihila le peu de résistance qu'il lui restait.

Ce diable de Malcolm avait raison : si elle avertissait le reste de la maison, le scandale serait tel qu'elle n'aurait plus aucun moyen de lui échapper…

— Non, je vous en prie, non..., murmura-t-elle tandis qu'il faisait adroitement glisser le tissu le long de son corps.

Il contempla un instant fasciné sa peau d'une blancheur d'albâtre, ses hanches généreuses, sa taille incroyablement fine, ses jambes d'une longueur infinie puis murmura, troublé :

— Vous êtes magnifique.

Réalisant qu'elle était entièrement nue, Morgana se mit à rougir et détourna la tête, affreusement gênée.

— Et vous, vous devriez avoir honte, souffla-t-elle.

Il effleura doucement son mamelon ce qui eut pour effet de lui arracher un gémissement de plaisir.

— Je suis désolé mais je ne suis pas certain de bien comprendre, voyez-vous. Votre bouche prononce certains mots mais votre corps en hurle de bien plus convaincants, fit-il avant de saisir ses seins dans la paume de ses mains avec délectation.

Mon Dieu, il avait raison, elle se conduisait comme... comme... Bon sang, elle savait qu'elle devait le repousser, qu'elle allait amèrement regretter ce qui était en train d'arriver mais elle n'y parvenait pas. Tous ses sens étaient enflammés et son corps répondait sans pudeur à chacune de ses caresses. Pire, elle se cambrait et poussait de petits soupirs de plaisir à chaque fois qu'il la touchait.

— Oh Malcolm... vous ne... non... par pitié... oh..., balbutia-t-elle, les yeux écarquillés par les sensations inconnues et délicieuses qui la submergeaient.

— Je vous l'ai dit, vous ne me laissez pas d'autre choix, mon cœur, fit-il en mordillant les pointes de ses seins durcies.

— Je... ne... oh ! fit-elle en sentant qu'il glissait doucement sa main vers son entrejambe.

— Tu es mienne, tu es mienne, Morgana, lui chuchota-t-il à l'oreille en insinuant un doigt au cœur de sa féminité avec une infinie douceur.

Elle était déjà humide.

— N... non... haleta-t-elle en se cambrant.

— Tu l'es depuis le premier jour où j'ai posé les yeux sur toi, mon amour, fit-il en accélérant le rythme.

Morgana crut être saisie de vertige, Malcolm la tenait pressée contre lui, de délicieux frissons couraient le long de sa colonne vertébrale et elle ressentait une chaleur inexplicable envahir son bas-ventre et un voile envahir ses yeux.

— Oh mon Dieu...

Tremblante et gémissante, Morgana ne songea même plus à protester. Les yeux fermés, la bouche entrouverte, elle se concentrait sur les sensations indescriptibles qui l'envahissaient.

— Ma... oh Malcolm, balbutia-t-elle en se cramponnant à ses épaules. Oh !!! Je...

Mais elle ne put terminer sa phrase. Une vague de plaisir la submergea, puis une deuxième et son corps entier fut parcouru de secousses d'extase qui la traversèrent si violemment qu'elle crut qu'elle allait défaillir.

La voir complètement à sa merci, penser qu'elle se rendait enfin à lui, provoqua un tel afflux de désir dans le corps déjà douloureux de Malcolm qu'il crut devenir fou.

Ravagé de désir, il se déshabilla en quelques mouvements et lui écarta délicatement les cuisses.

— Ça risque de faire un peu mal, fit-il en soulevant doucement ses hanches et en approchant son membre viril.

— Je sais..., fit-elle en grimaçant tandis qu'il la pénétrait d'un coup de rein.

Tous les muscles de Morgana se contractèrent, une douleur aiguë traversa son bas-ventre et elle poussa un petit cri.

— Je suis navré..., murmura-t-il d'un ton anxieux en se figeant brusquement.

Mais Morgana s'en moquait. La brûlure qu'elle ressentait n'était rien au regard du feu qui la ravageait, de la faim qu'elle ressentait. Elle n'arrivait plus à penser, à parler.

— J'ai... j'ai... besoin, continue, je t'en supplie..., fit-elle en refermant ses mains sur ses épaules et en le pressant contre elle.

Il l'embrassa doucement puis commença à se mouvoir lentement dans sa moiteur et à s'enfoncer de plus en plus profondément.

— Malcolm, oh ! Malcolm...

Il plongea ses yeux dans les siens et glissa sa main dans ses cheveux.

— Doucement mon cœur, je ne voudrais pas que ça se termine trop tôt, fit-il d'une voix saccadée en affermissant sa prise sur ses hanches.

— Mais je veux... je...

— Je sais parfaitement ce que tu veux, fit-il en accélérant le rythme de ses déhanchements.

Elle se tordit aussitôt sous lui en poussant de voluptueux gémissements. Bon sang, Malcolm n'avait jamais éprouvé un tel plaisir avec une femme. Tout en elle était un vrai délice, son odeur, sa peau brûlante, il se sentait totalement ivre et aveuglé.

— Plus vite... oui, oui...

Malcolm augmenta le nombre de coups de boutoir jusqu'à ce que le regard de Morgana vacille, que son corps se contracte et qu'un spasme d'extase la secoue tout entière.

Alors seulement, il sortit d'elle et laissa son plaisir à son tour exploser sur son ventre.

Chapitre 19

— Si j'avais su à quel point ce que nous venons de faire était agréable, je crois que je t'aurais demandé d'escalader le mur de ma chambre un peu plus tôt, fit Morgana au bout de quelques secondes en collant son corps alangui sur le flanc de Malcolm.

Il s'appuya sur son coude doucement.

— *Tha gradh agam ort*, rétorqua-t-il d'un ton taquin en caressant doucement le creux de ses reins.

Son torse, ses épaules, ses bras semblaient sculptés dans le granit, il était magnifique. Elle sentit son ventre se contracter.

— Qu'est-ce que ça veut dire ?

— Ça veut dire « je t'aime », mon amour.

— C'est très beau.

Malcolm sourit.

— C'est du gaélique, ma langue natale, mon cœur.

Elle le dévisagea durant quelques secondes puis demanda d'un ton curieux.

— Pourquoi n'es-tu pas retourné en Écosse une fois que tu as quitté l'armée, Malcolm ?

— Mon père m'a envoyé dès l'âge de huit ans faire mon éducation chez l'un de mes oncles qui vivait en Angleterre. J'ai vécu plus de temps à Londres que dans les Highlands, c'est ici ma maison.

— J'avoue ne pas très bien comprendre ton père, pourquoi t'a-t-il confié à son frère ? Je croyais que tu étais son unique héritier, il aurait dû vouloir te garder près de lui...

Il esquissa un sourire qui n'atteignit pas ses yeux. Le duc n'avait jamais caché le peu de cas qu'il faisait de son fils, tout comme son oncle, qui avait considéré sa présence comme un fardeau dont il n'avait que trop hâte de se débarrasser. Dès son arrivée en Angleterre, Malcolm avait été envoyé dans une pension, une prison pour riches aristocrates délaissés, et n'en était sorti que pour incorporer l'armée de Sa Majesté.

— Il aurait dû mais sa haine pour ma mère dépassait de très loin l'affection qu'il avait pour moi, dit-il avec un sourire en coin.

— Que veux-tu dire par là ?

Malcolm soupira.

— Mon père détestait ma mère, il la détestait tellement qu'il passait le plus clair de son temps à chercher de nouveaux moyens de la torturer et de la blesser... La séparer de son unique enfant était une manière de la faire souffrir...

Morgana était atterrée.

— Mais c'est affreux, c'est... Pourquoi se comporter aussi cruellement avec sa propre femme ?

— Par orgueil ou par désespoir. Il ne lui a jamais pardonné de ne pas l'aimer comme lui l'aimait. Vois-tu, mon père a acheté ma mère à son clan alors qu'elle était déjà pratiquement fiancée à l'un de ses voisins, un Mac Gregor. Elle ne le lui a jamais pardonné.

— Ta mère a un sacré tempérament, rétorqua Morgana avec conviction.

— Oui elle *était* plutôt entêtée... Elle est morte de fièvres lorsque j'avais quinze ans.

Morgana sentit son cœur se serrer.

— Oh Malcolm, je suis désolée...

Il laissa échapper un rire sans joie.

— Tu n'as pas à l'être, mon ange, tu as eu ta part de drames, d'abord la mort de tes parents puis cette maladie...

Morgana baissa les yeux d'un air gêné. Cette situation ne pouvait plus durer. Les tourments de la culpabilité la rongeaient, elle ne pouvait pas continuer à mentir à l'homme qu'elle aimait, c'était au-dessus de ses forces.

— Malcolm, j'ai quelque chose de très important à t'avouer à propos de moi et de ma famille...

Il sourit et lui caressa doucement la joue.

— Tu te préoccupes de leur réaction ? Ne t'inquiète pas ma chérie, je suis certain que ton oncle ne va pas sauter de joie lorsque je lui demanderai ta main, qu'il aura quelques réticences légitimes en raison de ton état de santé mais...

Elle se mordit les lèvres. Demander sa main ?

— Malcolm, je ne peux pas me marier.

— Pardon ?

— Non, je ne veux pas devenir ta femme, dit-elle en s'écartant de lui brusquement.

— Morgana je t'ai compromise, tu n'as plus vraiment le choix à présent.

— N'insiste pas, c'est impossible, affirma-t-elle en luttant contre la douleur sourde qui lui nouait l'estomac.

— Je sais que tu m'aimes, Morgana, alors pourquoi ? fit-il en lui saisissant les épaules.

« Mais parce qu'il me faudrait renoncer à une part de moi-même si j'acceptais, parce que j'ai deux enfants encore à élever et que je refuse de les quitter, parce que tu ne me connais pas et que tu n'as aucune idée de la personne que je suis vraiment ! » eut-elle envie de crier mais aucun son ne sortit de sa bouche.

À quoi bon de toute façon ? Malcolm avait des idées bien trop arrêtées sur les femmes et sur leur rôle dans la société pour être capable de la comprendre ou même de l'écouter. Elle ne voulait pas avoir à se battre pour être elle-même ni avoir à s'excuser d'être ce qu'elle était. Malcolm avait refusé de publier le roman de Rosalie parce qu'elle était une femme, elle n'osait imaginer quelle serait sa réaction s'il apprenait à quelles activités financières et scientifiques Morgana s'adonnait.

— J'ai essayé d'être honnête, Malcolm, et ce depuis le début. Je t'ai dit et répété que ça n'arriverait jamais, dit-elle.

— Morgana si ça a un rapport avec la maladie dont tu souffres…

— Non, je ne…

Elle s'arrêta de parler. La maladie…

Certes, le procédé était fort lâche et elle répugnait à utiliser un tel mensonge mais d'un autre côté… Jamais Malcolm ne la laisserait partir si…

— Je ne puis m'engager dans un mariage pour la simple et bonne raison que je n'en ai pas la force. J'ai besoin de toute mon énergie et aucune à consacrer aux tâches et aux devoirs qu'une comtesse doit assumer, déclara-t-elle en détournant le regard.

Il blêmit légèrement.

— Ne penses-tu pas que j'y ai déjà songé ? Je veux que tu deviennes ma femme, Morgana, peu importe les conséquences…

— Et ta lignée ? Tu ne peux tout de même pas t'engager avec une femme qui ne sera pas en mesure de te donner des héritiers ? objecta Morgana en désespoir de cause.

— Mon cousin Bragan en a une tripotée, cela devrait suffire à garantir grandement l'avenir de mon illustre famille, argua-t-il.

Morgana sentit l'émotion l'envahir. Malcolm l'aimait. Il l'aimait tellement qu'il était prêt à tout sacrifier pour elle… Y compris à renoncer à avoir des enfants. Oh mon Dieu…

— C'est… c'est un sacrifice que je ne puis accepter, déclara-t-elle d'une voix tremblante.

— Mais ce n'est pas à toi d'en décider.

— Tu te trompes. J'ai le droit de choisir la façon dont j'ai envie de vivre et je ne veux rien me laisser imposer, je suis navrée, fit-elle en sentant son cœur se déchirer.

Mon Dieu, ça faisait mal, si mal…

Malcolm scruta longuement son visage et se leva brusquement.

— Que fais-tu ?

— Je m'habille et je vais demander de suite ta main à ton oncle.

Une lueur de profonde tristesse s'alluma dans les yeux émeraude de Morgana.

— Et peu importe mon opinion à ce sujet, n'est-ce pas ?

— Morgana, il ne s'agit pas de cela et tu le sais.

— Ah non ? Sais-tu à quel point je désire retourner à Charbrey ? Sais-tu que deux petites filles là-bas m'attendent et que j'ai grand hâte de les retrouver ? Non, tu t'en moques parce que je suis une femme et que tu es bien trop égoïste pour te soucier de mes sentiments !

Il tourna aussitôt la tête vers elle.

— Deux petites filles ? fit-il surpris.

— Mes jeunes sœurs. C'est moi qui les ai élevées, je suis la seule mère qu'elles aient connue...

Il plissa les yeux.

— Pourquoi ne m'as-tu jamais parlé d'elles auparavant ?

— Je ne pensais pas que ça t'intéresserait.

Il se raidit brusquement.

— Tout ce qui te concerne m'intéresse...

Elle réprima un rictus.

— En ce cas, tu dois comprendre que je ne te laisserai pas briser ma famille et leur cœur pour un caprice.

— Tu n'es et tu n'as jamais été un caprice, Morgana...

Une larme coula sur la joue de la jeune femme.

— Alors prouve-le et laisse-moi partir.

— Morgana...

— S'il te plaît...

Honte, elle avait horriblement honte et ce sentiment s'accentua brutalement quand elle le vit perdre tout à coup sa morgue habituelle et s'abaisser à presque la supplier.

— Ne me demande pas ça... Je veux te soutenir mon cœur, te protéger... Je t'en prie, ne me demande pas ça...

— Malcolm, je t'aime mais je ne serais pas heureuse loin de chez moi, je ne peux pas vivre la vie qui est la tienne, je suis...

Un torrent de larmes se mit à couler sur ses joues sans qu'elle s'en rende compte et Malcolm sentit le désespoir l'envahir à son tour.

— ... je ne pourrais accepter de devenir ta femme même si je le voulais.

— C'est ton dernier mot ?

— Oui.

Malcolm ferma les yeux, la mine dévastée. Trente ans, cela faisait trente ans qu'il vivait dans la solitude, et la seule personne au monde, la seule qui ait jamais été capable de percer sa carapace et de toucher son cœur ne voulait pas de lui. Elle le rejetait exactement comme son père et son oncle l'avaient rejeté. Il en conçut soudain une profonde amertume.

— Dans ce cas, je ne vous imposerai pas ma présence plus longtemps. Considérez que tout est désormais fini entre nous, adieu, miss Charbrey, déclara-t-il d'un ton dur.

L'instant d'après, il s'appuyait sur le rebord de la fenêtre par laquelle il était entré et disparaissait brutalement dans la nuit.

Morgana resta un instant prostrée sous le choc puis elle se mit à pousser un hurlement déchirant avant de s'effondrer en pleurs sur son oreiller.

Chapitre 20

Quinze jours plus tard…

Le duc de Langford poussa la porte de la taverne Le Flibustier, un bouge situé au cœur des bas-fonds de Londres. Après avoir balayé la pièce sale et sordide du regard et examiné d'un air écœuré la bande de coupe-jarrets et de gredins qui composaient la clientèle, il se dirigea directement vers une table où un homme à moitié ivre se trouvait affalé.

— Bonsoir, Greenwald…

Malcolm redressa la tête et, reconnaissant son vieil ami, esquissa un sourire.

— Langford… ainsi donc tu m'as débusqué…

— Ce n'était pas bien difficile, tu as rossé suffisamment de monde ici hier pour que toute la ville sache maintenant où te trouver, rétorqua le duc d'un ton amusé.

— Hum…, fit simplement Malcolm avant de vider l'intégralité de son verre.

— Sais-tu que tu as de sérieux ennuis, mon vieux ?

Malcolm eut un rictus.

— Et tu crois que ça m'intéresse ?

— Le duc d'Allington a fort mal pris la manière dont tu as abîmé son fils, lord Menfield, lors de sa séance d'entraînement à son club…

— Ce jeune imbécile a eu de la chance, j'aurais pu aussi bien l'embrocher, décréta Malcolm d'un ton affirmatif.

— Mais tu l'as balafré.

Malcolm eut un rictus puis remplit à nouveau son verre.

— Tu m'accompagnes, Langford ?

— Non, mais si tu veux j'ai un excellent whisky que mon père a pris grand soin de conserver. Que dirais-tu d'aller le déguster ?

— Tu plaisantes j'espère ? Ici, j'ai au moins une chance de m'amuser un peu.

Le duc esquissa une grimace.

— Tu sais que ce n'est pas en te battant tous les soirs et en t'abrutissant d'alcool que tu finiras par l'oublier.

Malcolm le fixa d'un œil torve.

— De qui parles-tu ?

— Mais de lady Morgana Charbrey, bien sûr.

— Ne prononce pas le nom de cette femme devant moi ! fit-il en se levant brusquement et en titubant à moitié.

— Ou sinon ?

— Ou je ne réponds plus de rien !

Le duc de Langford esquissa un sourire narquois.

— Et cela est censé m'effrayer ?

— Tu l'auras voulu ! gronda Malcolm le poing dressé en avant.

Mais le duc fut plus rapide que lui et d'un geste agile se déporta sur le côté. Entraîné par son poids, l'alcool et la force qu'il avait mis dans son geste, Malcolm tomba lourdement sur le plancher.

— Veux-tu que je t'aide à te relever ? lança John d'un ton railleur.

Malcolm se redressa lentement, sa fierté mise à mal et les yeux luisants de colère.

— Je vais te massacrer !

— Je crois que tu te vantes, mon cher.

Quelques ricanements fusèrent. Malcolm fusilla la salle du regard et ils cessèrent aussitôt.

— John... tu étais un ami fidèle, je crois que je te regretterai, déclara Malcolm en saisissant le duc par le col de sa veste et en le projetant à l'autre bout de la pièce.

À l'étonnement général, John se releva très vite et éclata de rire. Puis il se rua sur Malcolm et, dans un bond prodigieux, jeta ses deux pieds en avant pour percuter violemment le visage de son adversaire. Malcolm mit un genou à terre sous le choc et en poussant un rugissement écrasa son poing dans le ventre du duc.

— Toujours cette bonne vieille technique hein ?

— Pourquoi voudrais-tu que j'en change puisqu'elle fonctionne ? lança John courbé en deux avant de lui assener un violent coup au menton.

Malcolm projeté en arrière s'écrasa sur une table et on entendit le bruit de plusieurs pichets de bière se fracasser sur le sol.

À l'intérieur de la taverne, les clients étaient subjugués. Lord Greenwald était massif et incroyablement impressionnant mais le duc, quoique bien moins corpulent, faisait preuve d'une véritable science du combat et d'une grande adresse.

— Ah ! Langford, ces petits amusements m'ont manqué ! lança Malcolm en se redressant.

Bizarrement il souriait. Sa mâchoire lui faisait un mal de chien mais il souriait.

— En effet, la dernière fois c'était... Attends que je me souvienne... Oh oui, c'était à cause de la vicomtesse Bramsky...

Malcolm plissa les yeux.

— Tu me l'avais volée, Langford.

— Volée ? Quel grand mot, empruntée, tout au plus, rétorqua John avec nonchalance.

Loin de déclencher sa colère, la réflexion du duc provoqua l'hilarité du comte.

— Oui... c'était une satanée garce...

— Mais fort plaisante au lit, ma foi...

Malcolm s'esclaffa puis se précipita de nouveau sur le duc pour lui assener un direct du gauche qui l'envoya au plancher.

— Ah ah... Alors Langford et celle-là, qu'est-ce que tu en penses ? demanda-t-il tandis que son ami grimaçait et peinait cette fois à se relever.

— J'en pense que j'ai besoin d'un remontant, grommela-t-il en frottant son crâne endolori.

Malcolm ne put s'empêcher de sourire puis se tourna vers le tavernier.

— Ramenez à boire pour mon ami !

Le patron, un grand gaillard barbu à l'air patibulaire, hocha silencieusement la tête, posa rapidement un pichet sur l'une des tables que les deux hommes n'avaient pas encore fracassée et disparut de nouveau derrière son comptoir en fixant John et Malcolm d'un air inquiet.

— Ouch... tu as sacrément amélioré ta gauche, déclara le duc peu après s'être relevé, en s'installant à la table où se tenait Malcolm.

— Oui, je me suis pas mal entraîné, admit Malcolm en remplissant son verre sans se soucier de son œil qui commençait dangereusement à enfler.

— À la tienne, mon vieux ! lança le duc avant de tout vider d'un trait.

— Ça va mieux ? demanda Malcolm d'un ton railleur.

— Un deuxième me semble des plus indiqués. Bon sang, ce liquide est si infâme qu'il réveillerait un mort ! déclara le duc en soulevant le pichet.

— Je parie qu'il l'a déjà fait, confirma Malcolm en buvant à son tour.

Le duc attendit quelques instants puis dit soudain d'un ton sérieux.

— Que comptes-tu faire maintenant ?

— Eh bien, je vais aller trouver quelques donzelles et me divertir un petit peu. Seras-tu de la partie, Langford ?

— Je ne te parle pas de cela, je te parle de miss Charbrey, Greenwald.

Malcolm lui jeta un regard noir.

— Encore ? Mais tu ne tiens donc pas à la vie ?

— Je tiens surtout à la tienne et tout ceci n'a que trop duré… Que dirais-tu d'aller lui rendre visite, Malcolm ? Après tout, il est normal que tu souhaites t'enquérir de sa santé…

Le comte écarquilla le seul œil qui lui restait.

— Tu veux que j'aille à Charbrey ?

— Pourquoi pas ? Tu es de ses amis !

— Un ami ? Non, non, elle ne veut pas de moi Langford, crois-moi, j'ai tout essayé…

— Malcolm, lady Morgana est une fort étrange jeune femme. Si j'étais à ta place, j'irais tout de même vérifier ce qu'il en est.

Malcolm ricana.

— Elle va vouloir m'abattre dès qu'elle me verra approcher.

Le duc éclata de rire.

— Et tu veux renoncer à une créature aussi distrayante ? Mais enfin, mon cher, où donc as-tu la tête ?

Malcolm était déchiré. Depuis le départ de Morgana, il n'était plus capable de rien et elle lui manquait tellement qu'il avait l'impression qu'il allait en crever. D'un autre côté, il était terrifié à l'idée qu'elle puisse à nouveau le rejeter.

— Non... non, je laisse tomber, Langford...

— Tu laisses tomber ? Fort bien, dans ce cas, tu ne m'en voudras pas si je tente ma chance à mon tour ? J'ai quelques connaissances à voir dans le Devonshire, je passerai donner de tes nouvelles à la divine Morgana Charbrey. Je suis certain que son oncle me fera bon accueil...

Un grondement presque animal s'échappa de la gorge de Malcolm. Oubliant son corps endolori, il se jeta sur le duc comme une bête enragée.

— Approche-toi d'elle, Langford, approche-la et je te tue ! hurla-t-il les mains nouées autour de son cou.

Nullement impressionné, le duc leva les yeux au ciel et dit d'une voix à moitié étranglée.

— Alors accompagne-moi là-bas, Greenwald. Ressaisis-toi avant de provoquer un drame, tu n'es plus toi-même mon vieux.

Malcolm desserra les doigts puis remit sa chaise sur ses pieds et se rassit comme si de rien n'était. Non, John avait parfaitement raison, il n'était plus lui-même et la vie sans Morgana semblait avoir étrangement perdu tout attrait.

— Soit, puisque tu insistes, je vais le faire ce foutu voyage mais je ne garantis nullement de bien me comporter, cette fille a le don de me rendre complètement fou.

— De « bien vous comporter » ? s'exclama le duc en frottant son cou meurtri.

Puis il se rassit en face de Malcolm et éclata d'un rire tonitruant.

Chapitre 21

Malcolm et le duc de Langford avaient quitté Londres à l'aube, chevauché pratiquement toute la journée et avaient atteint le Devonshire peu après la tombée de la nuit. Vers sept heures du soir, leurs chevaux épuisés et le dos fourbu, ils s'étaient arrêtés devant une auberge située à quelques miles à peine du domaine de Charbrey.

— Je confie les bêtes au palefrenier, va voir s'ils ont des chambres, mon vieux ! lança le duc à Malcolm en mettant pied à terre.

Malcolm n'avait pas desserré les dents depuis une dizaine de miles. Il opina de la tête puis, après avoir confié son cheval au garçon d'écurie, pénétra dans l'auberge.

De prime abord, l'endroit avait l'air propre et bien entretenu. Une dizaine d'hommes étaient agglutinés autour des tables et devisaient calmement.

Malcolm se dirigea directement vers l'aubergiste.

— Vous reste-t-il des chambres de libres pour cette nuit ?

L'homme gras et au visage joufflu examina la mise élégante du comte et comprit, finaud, immédiatement à qui il avait à faire.

— Oui, milord. Combien en voulez-vous ?

— Deux. Nous avons confié nos chevaux à votre garçon d'écurie, veillez à ce qu'il s'en occupe correctement, dit Malcolm d'un ton de commandement.

— Bien, milord, fit-il en faisant un geste discret à un gamin d'une dizaine d'années qui se précipita aussitôt vers l'extérieur en courant.

— Nous voulons aussi du vin et deux repas chauds, ajouta le duc avec un sourire aimable en rejoignant Malcolm.

— Millie, sers deux repas à ces messieurs et ne traîne pas fainéante ! ordonna le patron à une jolie jeune femme blonde comme les blés aux formes généreuses qui contemplait les nouveaux arrivants avec admiration.

Le duc esquissa un sourire charmeur à la jeune serveuse qui rougit aussitôt.

— Oui, tout de suite, monsieur Stevens.

Quelques secondes plus tard la belle blonde ramenait aux deux hommes un pichet de vin et deux verres.

— Oh que voilà un charmant tableau, déclara-t-il tandis qu'elle posait le tout sur la table. Eh bien, l'endroit est des plus avenants, qu'en penses-tu, Greenwald ?

Malcolm grommela des paroles incompréhensibles puis se servit un verre de vin.

— Veuillez l'excuser, mademoiselle, mon ami est de fort méchante humeur, fit le duc d'un ton léger en s'adressant à elle.

— On aurait dû continuer, Langford, le domaine n'est plus très loin, gronda Malcolm sans même accorder un regard à la jeune femme.

— Et nous présenter chez le comte à cette heure ? Tu n'y penses pas, Greenwald !

Malcolm soupira puis se tourna vers la jeune serveuse qui ne semblait pas pressée de les laisser.

— Le domaine de Charbrey est-il loin d'ici ?

— Non, non, milord, à peine à cinq miles. Il suffira de chevaucher tout droit durant un mile puis de tourner au bosquet de chênes. Si vous voulez, je peux vous y accompagner, le comte et sa famille sont si gentils...

Malcolm haussa les sourcils.

— Vous les connaissez ?

— Bien sûr. Celle que je préfère, c'est lady Morgana, elle a toujours un mot agréable pour tout le monde... Oh, bien sûr, elle a de drôles de manières pour une dame mais tout le monde la respecte vous savez.

Malcolm et John échangèrent un regard intrigué.

— Qu'appelez-vous de « drôles de manières » ? demanda le duc.

La jeune fille baissa le regard, un peu gênée.

— Ben, elle ne reçoit jamais personne, pis elle va jamais chez personne, je veux dire chez des gens comme elle, des dames et des gentlemen et pis il y a aussi, enfin vous savez, toutes ces choses bizarres qu'elle fabrique.

Un gros homme au visage rougeaud assis à la table d'à côté se retourna aussitôt et se mêla à la conversation.

— Y a rien de bizarre là-dedans, Millie, j't'ai déjà expliqué qu'c'était d'la science comme les inventeurs...

— Oui mais quand même c'est bizarre, insista-t-elle.

— L'écoutez pas, milord, moi j'y travaille et j'y vis sur les terres du comte Charbrey, et lady Morgana croyez-moi, c'est quelqu'un. C'est elle qui a mis en place tout le système d'irrigation sur les terres du domaine, eh ben c'est ben simple, depuis qu'elle travaille avec le régisseur, les semailles ont jamais aussi bien poussé. Ah c'est quand même quelque chose qu'cette petite demoiselle ! fit-il d'un ton empreint de respect.

Malcolm haussa un sourcil.

— Un système d'irrigation ?

— Ouais mais elle sait faire aussi des tas d'autres choses... Tenez, près du château y'a un engin, et ben c'est elle qui l'a construit... Elle dit que c'est pour étudier les étoiles, elle a même montré une fois à ma fille Amélie comment ça marchait, expliqua le gros homme.

La serveuse blonde acquiesça.

— Oui, c'est vrai. Amélie m'en a parlé... Paraît qu'il est gigantesque... Elle a dit que lady Morgana appelle ça un télescope.

— Et ce serait miss Charbrey qui l'aurait construit ? demanda le duc tandis que son visage reflétait l'ahurissement.

— Ben oui... mais croyez pas pour autant qu'elle néglige ses devoirs, milord, ah ça non, c'est elle qui gère toute la maison et les serviteurs du manoir disent même qu'elle travaille du matin au soir sans jamais s'arrêter... Faut dire qu'le domaine est grand, qu'y a du monde à commander et pis qu'y a aussi les p'tites à s'occuper, ajouta-t-elle d'un air admiratif.

Malcolm tressaillit.

— Étrange, j'avais entendu dire que lady Morgana souffrait depuis de nombreuses années d'une grave maladie.

Le gros homme éclata de rire en se tapant la main sur la cuisse.

— Vous entendez ça, vous autres ?! Malade, milord ? Mais lady Morgana a une santé d'fer ! Depuis qu'elle est petite, j'crois ben avoir jamais entendu dire qu'elle soit restée au lit.

Tous les traits du visage de Malcolm se durcirent tout à coup.

— Jamais ?

— Ben ça se saurait. On en aurait entendu parler. Lady Morgana, tout le monde l'aime par ici, elle s'occupe des familles de nous aut' les métayers comme si c'était la sienne, même qu'on avait tous ben peur quand elle est partie à Londres avec mademoiselle Rosalie, qu'elle s'dégotte un mari ! Pensez, belle comme elle est, pis c'est une vraie dame… Heureusement elle est rentrée, pis sans fiancé à ce qu'on dit ! Bah les gens d'la ville y z'ont pas les yeux en face des trous ! fit-il d'un air écœuré.

— Millie ! T'es pas là pour bavasser ! Sers donc ces messieurs ! se mit à hurler tout à coup le tavernier.

La jeune serveuse hocha la tête mais ajouta avant de tourner les talons :

— Vous savez vous étiez pas le seul à croire que lady Morgana est souffrante… J'sais pas qui c'est qui raconte toutes ces horribles histoires sur notre demoiselle mais on devrait y couper la langue !

— Langford, je crois que j'ai besoin de prendre un peu l'air, déclara Malcolm en se levant brusquement.

— Greenwald, attends ! lui intima le duc en lui emboîtant le pas jusque dans les écuries.

Malcolm se tourna vers lui l'air sombre et le visage fermé.

— Penses-tu les Charbrey assez retors pour avoir tout inventé ?

Le duc détourna le regard d'un air gêné.

— Je ne sais pas mais je suis certain qu'il doit y avoir une explication à tout ceci.

Malcolm esquissa un rictus désabusé tandis qu'il remettait le mors dans la gueule de son cheval.

— Vraiment ?

— Je t'en prie, je sais ce que tu penses mais ne fais rien que tu puisses regretter, mon vieux.

— Tel que ?

— Tel que te ruer chez le comte Charbrey maintenant et mettre à mal l'honneur et la réputation de sa famille, dit-il en observant son ami d'un air inquiet.

Le comte Greenwald fulminait. Comment Morgana avait-elle pu oser lui mentir ? Avait-elle la moindre idée de ce qu'il ressentait pour elle et de la douleur que ses mensonges lui avaient causée ?

— Langford, je te le dis tout net, si je découvre que mes soupçons s'avèrent exacts, je vais probablement la tuer.

— Excellente idée. Te voir pendu figure assurément sur ma liste des priorités, fit le duc d'un ton sarcastique tandis que Malcolm grimpait sur sa monture.

Mais le comte Greenwald n'était plus en mesure d'entendre la voix de la raison. Il était hors de lui et, sans plus se soucier des conseils de son ami, il éperonna son cheval et disparut dans la nuit.

Chapitre 22

— Morgana, Morgana, tu ne veux pas me montrer les étoiles ? Dis, allez…

Mary souriait.

— Non, Mary, pas ce soir…

Depuis son retour, deux semaines auparavant, Morgana était d'humeur maussade, elle n'avait plus goût à rien et son sommeil était entrecoupé de soupirs et de larmes. L'image de Malcolm hantait chacune de ses pensées, elle se rappelait la nuit qu'ils avaient partagée, chaque caresse qu'il lui avait donnée et surtout la douleur qu'elle avait lue dans son regard lorsqu'elle l'avait repoussé. Si seulement… si seulement, rien de tout cela n'était arrivé…

— Mais tu avais promis que tu me les montrerais !

Morgana soupira. Elle n'avait pas remis les pieds dans son laboratoire depuis son retour, pas plus qu'elle ne s'était approchée de son incroyable télescope. Tout lui semblait dénué du moindre intérêt et elle avait la plus grande difficulté à se concentrer.

— Mary, veux-tu donc laisser ta sœur tranquille, déclara le comte Charbrey en lui souriant.

— Oui mon oncle, soupira-t-elle.

Puis elle s'éloigna vers la porte du salon et se retourna pour déclarer :

— Ben moi, je la préférais avant !

Morgana sursauta et, quand son regard croisa celui de son oncle, baissa la tête.

— Mon enfant, ta sœur a raison. Enfin quoi, tu ne manges plus, tu ne t'intéresses plus aux affaires, n'es plus occupée à tes incroyables inventions…

— Je suis juste un peu fatiguée, mon oncle, éluda-t-elle.

Une expression inquiète s'afficha aussitôt sur le visage du comte.

— Es-tu malade ? Veux-tu que nous fassions venir un médecin ?

— Il est inutile de vous inquiéter, oncle Gerald, je vais bien…

— Ce n'est point ce qu'il paraît.

— Je vais me ressaisir, laissez-moi juste un peu de temps…

— Morgana, écoute, si tu souhaites repartir pour Londres, je suis certain que ta tante en serait plus que ravie. Elle a écrit dans sa lettre que tu lui manques terriblement.

— C'est fort aimable à elle, mon oncle, mais je ne puis y retourner. C'est… c'est au-dessus de mes forces.

Le comte fronça les sourcils.

— Je savais bien que toute cette histoire finirait mal, bougonna-t-il.

— Mais de quelle histoire parlez-vous ?

— Mais de toi et de lord Greenwald. J'avais dit à Agatha que c'était folie de te laisser autant de liberté.

— Malcolm n'est en rien responsable de ce qui est arrivé mon oncle, il n'a rien fait de répréhensible, je vous le promets.

— Ce serait bien la première fois…

— Et pourtant c'est la vérité. Lord Greenwald s'est parfaitement bien comporté, contrairement à moi.

— Que veux-tu dire ?

— Je veux dire que j'ai passé mon temps à lui mentir, à lui cacher ce que j'étais... Il a été bien plus honnête que je ne l'ai été.

— Il ne t'a cependant jamais demandé de l'épouser.

Elle baissa la tête.

— Si, il l'a fait et j'ai refusé.

Le comte Charbrey sursauta et lui lança un regard surpris.

— Alors il l'a fait ? Lui... lui as-tu révélé la vérité sur ton état de santé ?

— Non. Étrangement, il tenait tout de même à ce mariage...

— Ce garçon n'a pas toute sa tête !

— Probablement pas, admit-elle.

— Mais il t'aime, affirma-t-il doucement.

Elle grimaça.

— Il semblerait...

— Et malgré tout, il n'a pas réussi à te convaincre de renoncer à ta chère liberté ?

— Pour tout dire, mon oncle, il ignore presque tout de moi et je pense qu'il changerait vite d'avis s'il découvrait la femme que je suis vraiment.

— Toutefois tu n'en es pas certaine ?

— Je le connais suffisamment pour savoir qu'il n'accepterait jamais toutes mes extravagances. Il... il a des opinions très précises en ce qui concerne la place des dames et la manière dont elles doivent se comporter.

Le comte toussota.

— Certes, certes, néanmoins... Vois-tu, Morgana, un homme qui aime suffisamment une femme pour accepter d'être à ses côtés et d'affronter avec elle la maladie et peut-être la mort peut sans doute, par affection pour elle, adoucir ses opinions sur certains sujets…

Elle éclata d'un rire nerveux.

— On voit que vous ne le connaissez pas, mon oncle. Cet homme est plus têtu qu'une mule.

Le comte éclata de rire à son tour.

— Eh bien tu aurais sans doute passé ton temps à te quereller avec lui mais tu ne te serais certes pas ennuyée.

Elle le regarda, étonnée.

— Je croyais que vous étiez contre cette union, oncle Gerald ?

Il secoua la tête.

— Morgana, je veux que tu sois heureuse. Si ton bonheur est auprès de lord Greenwald alors je m'inclinerai.

— Je ne puis consentir à un tel mariage mais…

Morgana sentit aussitôt des larmes lui perler aux paupières.

— Oh mon oncle, pourquoi faut-il donc que cela fasse si mal ?

Lord Charbrey esquissa un sourire triste.

— La douleur fait partie des dangers de l'amour…

— Ça finira bien par s'estomper, hein ? Je vais finir par l'oublier, n'est-ce pas ?

Une lueur de tristesse inquiète traversa le regard du vieil homme.

— Honnêtement, je ne sais pas, petite, je ne sais pas…

— Mais…

— Pardonnez-moi de vous interrompre, milord, mais un visiteur vient de se présenter à la porte et demande à être reçu, déclara Mme Wilks en entrant dans le salon.

Le comte fronça les sourcils.

— À cette heure ? Voilà qui paraît fort incongru ! De qui s'agit-il madame Wilks ?

— Il s'agit du comte Greenwald, milord.

Morgana sentit brusquement son cœur bondir dans sa poitrine.

— Malcolm, ici ? Oh non… je ne peux pas… Renvoyez-le, je vous en prie, oncle Gerald ! s'écria-t-elle avant de se précipiter à toutes jambes vers la porte.

Malheureusement pour elle, la gouvernante n'avait pas fait patienter comme à son habitude le comte sur le perron, mais l'avait fait entrer dans le grand hall, et elle tomba pratiquement nez à nez avec lui.

— Morgana !

Ils se regardèrent un instant, figés, et Morgana sentit une onde glaciale la submerger. Son visage était de marbre, son regard lançait des éclairs et ses poings étaient étrangement serrés. Un soudain besoin de fuir la saisit tout entière et elle se rua aussitôt vers les escaliers.

— Morgana Charbrey, reviens ici tout de suite ! gronda Malcolm en s'élançant à sa poursuite.

Affolée, Morgana atteignit la porte de sa chambre mais elle n'eut pas le temps de la refermer derrière elle qu'il la repoussait pour pénétrer dans la pièce à son tour.

— Oh, comment oses-tu ? s'écria-t-elle.

— Tu m'as menti, tu m'as menti depuis le début…, répondit-il d'un ton si glacial qu'elle se mit à reculer, effrayée.

Ses joues étaient couvertes de poils bruns, signe qu'il n'avait pas pris soin de se laver, sa mise était bien moins soignée qu'à l'accoutumée et il la dévisageait d'un regard pénétrant qui lui transperçait l'âme.

— De… de quoi parles-tu ? demanda-t-elle tandis que son cœur battait à tout rompre dans sa poitrine.

Il s'approcha d'elle et lui agrippa si fermement les épaules qu'elle gémit.

— Tu n'es pas souffrante, Morgana, tu ne l'as jamais été !

Elle blêmit.

— Je ne comprends pas… Tu es devenu complètement fou ou quoi ?

— Si je suis devenu fou, c'est à toi que je le dois ! As-tu seulement la moindre idée des angoisses que j'ai éprouvées à l'idée de te savoir malade ? De la peur que j'ai eue de te perdre chaque matin en me levant ? Depuis que tu es partie, mes nuits sont peuplées de cauchemars dans lesquels je te vois étendue raide morte à mes pieds.

— Malcolm, je ne sais pas ce que tu t'es imaginé mais…

Elle s'interrompit aussitôt face à son regard incroyablement menaçant.

— Un conseil, cesse de me mentir Morgana, déclara-t-il d'une voix tranchante comme une épée.

Seigneur, elle avait toujours trouvé Malcolm intimidant, mais jamais elle n'aurait cru qu'il pourrait un jour la terrifier autant qu'à cet instant précis.

— Très bien, puisque tu y tiens, c'est vrai, je n'ai… je ne suis pas souffrante.

L'atmosphère de la pièce devint tout à coup si lourde que Morgana eut la sensation d'étouffer.

— Je… je suis désolée, je voulais te le dire mais… Oh mon Dieu, je te jure que ça n'avait rien à voir avec toi, c'était…

— Rien à voir avec moi ? Rien à voir avec moi ! cracha-t-il d'un ton rageur en la secouant.

— Arrête, tu me fais mal !

Il la relâcha aussitôt.

— Comment as-tu pu te montrer à ce point égoïste et cruelle ? Quel genre de monstre es-tu ? cracha-t-il avec un tel dédain qu'elle sentit les larmes lui brûler les yeux.

Un brusque sentiment de culpabilité assaillit Morgana.

— Ce n'est pas ce que tu crois, je n'ai jamais voulu te blesser… Oh Malcolm, en réalité ça ne concerne que moi et le choix que j'ai fait…

— De quel choix parles-tu ? demanda-t-il d'un ton si froid, si dur qu'elle sentit sa gorge se dessécher.

— Celui de ne jamais me marier… Nous… Mon oncle et ma tante n'ont inventé cette histoire de maladie que dans le but de protéger ma réputation et celle de mes sœurs, afin d'éviter un scandale et les ragots déplaisants qu'une telle décision, si elle s'était sue, aurait immanquablement engendrés, expliqua-t-elle.

— Ils ont cautionné une ineptie par un odieux mensonge, donc ? remarqua-t-il froidement.

— Ils ont pris mes sentiments en considération et je ne vois pas en quoi ne pas vouloir se marier serait une ineptie, Malcolm, rectifia-t-elle, sur la défensive.

— Mais parce que c'est le destin de toute jeune fille bien née que de se marier, que c'est le seul moyen pour elle d'avoir des enfants, d'être épanouie et entourée, fit-il d'un ton légèrement excédé.

— C'est faux ! Quand une femme se marie, elle tombe sous la coupe de son époux, il a tous les droits sur elle, sur son argent et sa liberté. C'est exactement comme si elle entrait dans une cage, fermait la serrure à double tour et lui en confiait la clé.

Malcolm croisa les bras et la dévisagea.

— Cela semble pourtant satisfaire un grand nombre de ladys, Morgana.

— Pas moi. Moi je refuse de vivre une vie d'esclavage, et de subir les volontés arbitraires d'un mari qui prendrait les décisions à ma place comme si je n'étais qu'une enfant. Je gère ma fortune, Malcolm, je mène mes propres affaires depuis deux ans maintenant et je n'ai besoin de personne pour me conseiller sur mes investissements, les brevets que je dois acheter ou dans quelle compagnie investir...

Malcolm fronça les sourcils.

— Ton oncle te laisse une telle liberté ?

— Mon oncle suit mes conseils et généralement s'en félicite. Il n'a pas cette arrogance que tu as vis-à-vis des femmes, il respecte mon opinion et ce que je suis.

— J'ai toujours respecté tes opinions, Morgana.

— Tu as fait semblant de m'écouter parce que tu voulais me séduire, mais, si un jour je commets l'erreur de t'épouser, je sais que tu te moquerais pas mal, une fois marié, de ce que je pense de tel ou tel sujet.

Un éclair de compréhension traversa soudain le regard de Malcolm.

— Alors c'est pour ça ? C'est pour cette raison que tu as refusé ma demande ? Tu as pensé que je n'avais aucune considération pour toi ? Que je ne te laisserais aucune des libertés auxquelles tu es habituée ou que je t'empêcherais de vivre comme tu le souhaites ?

— Malcolm, la première fois que je t'ai rencontré, tu as refusé d'éditer ma sœur au seul motif qu'elle était une femme, que pourrais-je penser d'autre ?

— Je ne sais pas. Tu aurais pu m'interroger sur les raisons qui m'incitaient à ne plus travailler avec des auteurs féminins au lieu de déduire de cette seule décision que je méprisais toutes les femmes et que j'étais bourré de préjugés...

Elle écarquilla les yeux, surprise.

— Que veux-tu dire ?

Il haussa les épaules.

— Je veux dire simplement que lorsque je suis devenu éditeur, toutes les jeunes filles à marier se sont mises à écrire, que les rares expériences que j'ai eues avec des auteurs féminins au début de ma carrière se sont toujours mal terminées et que j'ai fini par faire courir la rumeur que je ne trouvais aucun talent aux femmes pour qu'on me fiche un peu la paix et travailler en toute tranquillité.

Elle écarquilla les yeux.

— Alors ce n'était pas parce que… ?

Il secoua la tête.

— Non.

Malcolm était l'un des plus beaux partis d'Angleterre et l'un des hommes les plus séduisants du royaume, il n'y avait donc rien d'étonnant à ce que les femmes se jettent à son cou ni à ce qu'il souhaite les éviter.

Une bouffée de honte submergea Morgana et elle voulut se jeter dans ses bras, mais le regard glacial qu'il lui renvoya la convainquit de ne rien en faire.

— Je suis si navrée, je sais que mes excuses ne te suffiront pas et je ferais n'importe quoi pour changer le passé mais…

— Que tes excuses ne me suffiront pas ? Non, mon cœur, je crains que tes excuses ne suffisent pas en effet. Je me moque de savoir si tu veux ou non te marier, je me moque des raisons qui t'ont motivée. Je pense que ta famille a accordé bien trop d'attention à ton bon vouloir et j'ai bien l'intention d'y remédier.

— Que veux-tu dire ?

— Tu tiens à ce qu'aucun scandale n'entache la réputation de la famille et à ce que ta sœur fasse un beau mariage n'est-ce pas ? Que penses-tu qu'il se passera si on révèle la vérité ? Comment crois-tu que les gens se comporteront avec ton oncle ou ta tante ? Le régent lui-même interroge régulièrement le comte sur ton état de santé… Tu imagines la situation dans laquelle ton oncle adoré se retrouverait par ta faute ?

Elle écarquilla les yeux, horrifiée.

— Mais c'est du chantage, tu ne peux pas vouloir m'épouser dans ces conditions ?

Il haussa les épaules.

— La fin justifie les moyens.

Une colère foudroyante s'empara soudain d'elle et elle se rua sur lui toutes griffes dehors, mais il parvint sans effort à lui maîtriser les poignets et à maintenir ses gigotements en la serrant contre lui.

— Je te déteste ! glapit-elle.

Elle vit au fond de ses yeux une expression sauvage, brutale qui la fit frissonner.

— Pas encore, mais ça ne devrait pas tarder, fit-il avant de poser ses lèvres contre les siennes.

La pression de ses lèvres obligea Morgana à ouvrir la bouche et sa langue glissa sur la sienne brutalement. Il voulait la punir, lui faire mal, la meurtrir comme il était meurtri. Morgana en était consciente et elle tentait désespérément de retenir les émotions et les frissons de plaisir qui la submergeaient, mais en vain.

Dès qu'il l'avait embrassée, son corps entier s'était mis à vibrer, elle s'était pressée contre lui, avait collé la pointe de ses seins dressés contre son torse, ses hanches contre son bas-ventre et avait glissé ses jambes entre les siennes.

— Je préfère te prévenir, je ne vais pas être très tendre, Morgana, gronda-t-il en ôtant les pinces de ses cheveux dans un geste nerveux.

— Malcolm, ton attitude est scandaleuse et si tu crois que je vais me plier à…

Mais il ne la laissa pas continuer. Saisissant ses hanches, il la souleva des deux mains et la posa brutalement sur la coiffeuse en ignorant ses protestations.

— Je te l'ai dit, je ne me sens pas d'humeur complaisante, fit-il en la dévisageant avec une rage froide.

Puis il releva dans un bruissement de tissus sa robe et ses jupons, écarta ses jambes, glissa lentement son doigt en elle en constatant à la fois surpris et satisfait l'effet indéniable qu'il produisait sur elle.

— Au moins là, tu ne peux ni mentir ni tricher, cracha-t-il en baissant son pantalon et en la pénétrant sans ménagement. Et tu vas me payer très cher cette petite plaisanterie, je te le garantis, ajouta-t-il alors qu'elle poussait un petit cri étouffé.

Rapidement, une onde de chaleur se répandit dans le bas-ventre de la jeune femme et elle se mit à onduler des hanches tandis qu'il plongeait et replongeait en elle dans un mouvement frénétique, possessif et furieux. Elle le sentait dur et large en elle et, à chacun de ses assauts, son plaisir devenait plus intense et plus profond.

— Malcolm… oui… oui…

Des sons primitifs jaillirent de la gorge de Malcolm, et Morgana ouvrit ses yeux à moitié clos pour le contempler. Elle avait toujours eu conscience que derrière le masque de l'aristocrate presque civilisé du monde se cachait un être sombre, dur, passionné mais, à ce moment, face à la rage qui l'habitait, elle voyait pour la première fois en lui le barbare qu'il était réellement.

Et curieusement elle se sentait encore plus excitée et attirée par lui qu'elle ne l'avait jamais été.

— Admets que tu m'appartiens, Morgana, fit-il d'une voix rauque en caressant du pouce l'endroit le plus intime de son anatomie.

Il vit aussitôt ses pupilles se dilater et, accélérant le rythme de sa main et de ses hanches, il la regarda haleter, soupirer, se cambrer... puis interrompit la vague d'extase qui commençait à la submerger brusquement.

— Dis-le...

— Malcolm...

— Dis-le-moi, Morgana...

Elle savait qu'elle aurait dû arrêter, ne pas répondre et le repousser. Reconnaître qu'elle était à lui était contraire à tous ses principes, contraire au respect qu'une femme se devait, mais elle était incapable de se rebeller... Son corps entier se révoltait à cette idée et il ne lui restait plus la moindre volonté.

— Je t'appartiens, je t'appartiens... capitula-t-elle.

L'instant d'après, il se retira pour entrer en elle à nouveau et continua son va-et-vient bestial jusqu'à ce qu'il la sente se raidir et être secouée de vagues de plaisir si violentes qu'elle se mit à hurler. Alors seulement il se laissa aller et déversa sa jouissance en elle dans un grondement de mâle, enfin apaisé.

Chapitre 23

Mme Wilks arborait une expression soucieuse en observant lord Charbrey se servir un verre d'armagnac dans la bibliothèque.

— Monsieur le comte, je ne vous comprends pas. Enfin, laisser lady Morgana seule avec un homme dans sa chambre ? Vous imaginez ce que les gens pourraient penser ?

— Madame Wilks, rassurez-vous le scandale est bien moins grand que vous l'imaginez, ce jeune homme n'est autre que son fiancé.

La gouvernante eut un hoquet.

— Son fiancé ? Lady Morgana va se marier ?

Il poussa un long soupir et son regard s'assombrit.

— Je le crains, en effet.

— Quelle incroyable nouvelle ! Mais pourquoi diable miss Charbrey ne nous en a-t-elle pas encore parlé ? Vous imaginez les préparatifs, tout ce qu'il va falloir organiser ?

— Oh ne vous inquiétez pas, madame Wilks, Morgana vous parlera de ce mariage et de son organisation dès qu'elle sera au courant.

La gouvernante le dévisagea, interloquée.

— Lady Morgana ne sait pas qu'elle va se marier ?

— Non.

La vieille femme observa son maître durant quelques secondes puis demanda d'un ton inquiet.

— Vous êtes certain que tout va bien, monsieur le comte ?

— Pas vraiment, madame Wilks, pas vraiment, mais je suppose que je finirai bien comme toujours par m'en accommoder, fit-il en avalant une dernière gorgée avant de se diriger avec l'enthousiasme d'un condamné à mort vers les escaliers.

Toute colère semblait avoir déserté le visage de Malcolm. Il tenait Morgana tendrement enlacée contre lui et lui caressait doucement la joue.

— Tu m'as manqué...

Elle sourit et l'embrassa tendrement.

— Toi aussi tu m'as manqué. Depuis que je suis rentrée, il n'y a pas un jour, pas une heure où je n'ai pas songé à toi et pas une nuit où je n'ai pas versé de larmes...

Il lui jeta un regard incrédule.

— Mais alors pourquoi...

— Je te l'ai dit pourquoi.

— Ma chérie, cesse donc d'avoir de telles appréhensions, le mariage n'est pas la prison que tu t'imagines, fit-il en l'embrassant doucement.

Puis il ajouta :

— Et même si ça l'était, n'oublie pas que je t'ai compromise et qu'à l'heure qu'il est tu portes peut-être mon enfant...

Elle sursauta. La première nuit où ils avaient fait l'amour, il avait pris soigneusement garde de ne pas semer sa semence en elle mais, cette fois, cela avait été tout différent et Morgana en sentait encore la chaleur entre ses cuisses…

— Oh mon Dieu ! Mais c'est vrai, tu as…

Elle s'interrompit en voyant la lueur triomphante qui brillait dans le regard.

— … ne me dis pas que tu as volontairement provoqué cette situation ? s'exclama-t-elle.

— Tu n'oserais tout de même pas me reprocher de t'avoir manipulée ? Pas avec tous les mensonges dont tu as osé m'abreuver jusqu'à présent ? se contenta-t-il de répondre sans prendre la peine de nier.

Elle déglutit.

— Je voulais te dire la vérité… Je voulais mais…

— Mais quoi ?

Il secoua la tête tandis qu'une vive déception se peignait sur son beau visage.

— Morgana, tu ne m'as pas fait confiance et tu continues encore aujourd'hui.

Elle rougit puis murmura d'un air gêné :

— C'est faux, je t'aime… Je ne supporte pas l'idée d'être séparée de toi mais… devenir ta femme… quitter Charbrey et ma famille, c'est trop me demander…

Malcolm la considéra un long moment puis dit avec un calme feint :

— Que veux-tu que nous fassions d'autre ?

Une lueur malicieuse éclaira soudain le regard de Morgana.

— Laisse-moi devenir ta maîtresse. Nous pouvons patienter un peu afin d'être certains que je n'attends pas d'enfant et, si ce n'est pas le cas, nous arranger pour nous voir discrètement et aussi souvent que nous le souhaitons…

Malcolm fronça les sourcils.

— Ma maîtresse ?

— Oui. Qu'en dis-tu ?

— Et tu veux savoir ce que j'en dis ? dit-il en l'agrippant par la taille et en l'allongeant en travers de ses cuisses.

Elle écarquilla les yeux, le souffle brutalement coupé.

— Mais lâche-moi ! Qu'est-ce que tu fais ?!

— Je vais te coller la fessée que tu mérites.

— Arrête ! Mais tu... Aïe ! protesta-t-elle tandis que la main de Malcolm s'abattait sur ses fesses.

— Et crois-moi ce n'est qu'un début.

— Oh ! Tu me fais mal ! gémit-elle rouge de colère et de frustration.

— Tant mieux, ça te fera peut-être passer l'envie de jouer les catins, mon amour...

— Les catins ? mais Malcolm, ce n'est pas... Ouille !

Quand Gerald Charbrey pénétra dans la chambre, il s'arrêta sur le seuil frappé de stupeur.

— Lord Greenwald, êtes-vous devenu fou ? Qu'est-ce que vous faites ?

Malcolm nullement embarrassé se redressa tandis que Morgana qui se tortillait roulait maladroitement sur le sol.

— Je corrige ma future épouse, lord Charbrey.

Le comte fronça les sourcils en feignant d'être surpris.

— Votre future épouse ?

— En réalité, ce n'est pas ce que vous vous imaginez mon oncle, fit-elle en se relevant et en frottant son derrière en grimaçant.

— Moi je crois que si, bien au contraire, fit Malcolm une lueur malicieuse au fond des yeux.

Morgana fronça les sourcils en serrant rageusement les poings.

— Cela t'amuse ?

— Non, ce qui m'amuse c'est de t'entendre me tutoyer devant ton oncle, mon ange ! rétorqua Malcolm visiblement amusé par la rougeur qui envahissait soudain les joues de Morgana, puis il reporta son attention sur lord Charbrey.

Bizarrement, le comte ne paraissait plus ni furieux ni même affecté. Il les fixait tous deux avec un rictus amusé et semblait prendre un curieux plaisir à la situation...

— Et puis-je savoir, lord Greenwald, pour quelle raison vous avez estimé que Morgana méritait cette distrayante correction ?

— Mon futur époux semble avoir fort peu apprécié la proposition inconvenante que je lui ai faite et tient visiblement et je ne sais pour quelle raison à officialiser une relation qui ne nécessitait à mon sens ni l'intervention d'un notaire ni celle d'un pasteur ! intervint Morgana.

Lord Charbrey leva les yeux au ciel puis poussa un long soupir.

— En ce cas, cette leçon était méritée. Mais enfin, Morgana, que t'arrive-t-il ? As-tu donc perdu la raison ?

Malcolm se tourna aussitôt vers Morgana en affichant un sourire goguenard qui donna immédiatement à la jeune femme envie de le gifler.

— Non mon oncle mais je trouve simplement injuste et hypocrite cette façon qu'ont les gens de tolérer un comportement libertin lorsqu'il s'agit d'un homme et de conspuer les femmes lorsqu'elles les imitent, releva-t-elle.

Gerald Charbrey jeta un regard empreint de compassion à Malcolm.

— Si vous voulez mon avis, vous êtes soit terriblement courageux, soit complètement fou de vouloir de cette jeune femme pour compagne.

Malcolm se mit à rire.

— Comment pourrais-je y renoncer ? Elle est unique.

— Dieu merci, fit le comte.

Morgana croisa les bras d'un air tout d'abord offusqué puis voyant les deux hommes s'esclaffer ne put s'empêcher de sentir ce qui lui restait de colère s'effondrer.

— Vous vous trouvez spirituels, je suppose ?

Malcolm esquissa un sourire hilare puis prit doucement sa main et la baisa.

— Ne vous vexez pas, mon amour, rien de ce que vous pourrez faire ou dire ne pourra me faire renoncer à vous.

Morgana ne savait pas si elle devait s'en alarmer ou au contraire s'en trouver rassurée.

— Rien d'étonnant à cela, vous avez des manières de brute.

Malcolm haussa ses larges épaules.

— Je suis écossais…

— Et vous croyez que c'est une excuse ?

— Morgana Charbrey, vous allez devenir une épouse des plus exquises, fit-il en la saisissant par la taille et en la faisant tourner.

— Voulez-vous cesser ! N'avez-vous donc aucun respect ? Que va penser mon oncle ?

— Oh ça fait bien longtemps que ton oncle s'est fait une raison à ton sujet mon enfant, fit en riant lord Charbrey.

— Vous voyez ? lança Malcolm en lui faisant un clin d'œil.

— Oncle Gerald, vous êtes un traître, fit Morgana d'un ton outré.

— Un traître ? Certes non. Lord Greenwald est mon futur neveu, je le traite simplement comme l'un des nôtres.

Morgana ouvrit la bouche puis la referma. Malcolm l'avait mise au pied du mur, ne lui laissant aucune échappatoire. Elle ne pouvait pas prendre le risque de ruiner la réputation de sa famille et l'avenir de ses sœurs en donnant naissance à un enfant hors des liens du mariage et, c'était pénible à admettre, mais elle était bien trop éprise du comte pour le rejeter à nouveau.

— N'allez pas trop vite en besogne, mon oncle, lord Greenwald ignore encore bien des choses sur moi et ce que j'ai à lui révéler pourrait fort bien le contrarier au point de le faire renoncer à tout engagement.

Malcolm esquissa un sourire.

— Vous parlez de votre goût immodéré pour les étoiles et l'agronomie ?

Elle écarquilla les yeux.

— Quelqu'un vous en a parlé ?

— Disons qu'il semble que vos étranges occupations suscitent un certain intérêt, y compris chez les métayers.

Lord Charbrey avança vers elle et lui intima gentiment :

— Morgana, il est tard. Reporte cette conversation à demain.

— Mais…

— Je t'ai dit que nous verrions tout cela demain. As-tu songé à ce qu'il se passerait si une de tes jeunes sœurs se réveillait, te rejoignait dans ton lit comme elle en a l'habitude et trouvait lord Greenwald dans ta chambre ? lui fit-il remarquer.

Son oncle avait raison. Expliquer à Mary et Daphné qu'elle allait se marier allait être bien assez délicat comme ça sans prendre le risque en plus de les choquer. Bon sang, pourquoi cet obstiné de Malcolm ne s'était-il pas simplement contenté d'une discrète liaison ? Tout aurait été tellement plus simple ainsi…

— Très bien, mon oncle, je vous souhaite une bonne nuit.

Lord Charbrey s'approcha d'elle et l'embrassa sur le front.

— Bonne nuit, mon enfant.

Puis ce fut au tour de lord Greenwald.

— Bonne nuit, mon ange, et dormez bien, dit-il en l'embrassant respectueusement sur la joue tandis que le comte Charbrey lui tapotait sur l'épaule et lançait d'un ton jovial :

— Allez, neveu, venez donc boire un bon verre d'armagnac avec moi dans la bibliothèque, je crois qu'il est grand temps de faire plus ample connaissance.

Chapitre 24

Morgana avait dormi tard. Trop excitée par les changements qui allaient s'opérer dans sa vie, elle avait mis fort longtemps à trouver le sommeil et s'était réveillée lasse et angoissée. À dix heures, elle n'était toujours pas descendue prendre le petit déjeuner et, sans l'aide de la soubrette qui l'avait aidée à s'habiller, elle serait probablement encore allongée sur son lit à se demander où allait la mener cette folle histoire de mariage et à s'interroger sur la manière dont Malcolm réagirait lorsqu'il prendrait enfin conscience qu'elle n'était peut-être pas la femme qu'il lui fallait.

— Est-ce que c'est vrai ? entendit-elle tandis que la porte de sa chambre s'ouvrait doucement.

Morgana pivota sur elle-même puis sourit à sa sœur qui se tenait à l'entrée de la pièce, ravissante dans sa jolie robe de taffetas rose.

— Ça dépend, de quoi parles-tu ?

— J'ai appris par Mme Wilks que lord Greenwald avait passé la nuit ici et que vous comptiez vous marier, déclara Rosalie un brin dubitative.

Décidément, songea Morgana, cette gouvernante a la langue un peu trop bien pendue.

— Lord Greenwald a dormi ici ?!

— Oui, dans l'une des chambres d'amis. À ce qu'il semble, lui et notre oncle ont fêté la nouvelle en buvant une partie de la nuit !

Morgana leva les yeux au ciel.

— Oh mon Dieu. J'imagine fort bien leurs discussions d'ivrognes…

Rosalie s'esclaffa.

— Oui, Mme Wilks dit qu'elle les a entendus rire à gorge déployée.

— Voilà qui ne m'étonne guère…

— Il paraît que le comte Greenwald a porté notre oncle dans sa chambre car il n'était plus en état de marcher. Elle était d'ailleurs très impressionnée. Elle raconte à qui veut l'entendre que ton futur époux est beau comme un dieu et qu'il a la force de dix hommes.

— Et le caractère effroyable de trente. Maudits soient les Écossais ! lança Morgana.

Rosalie plissa les lèvres pour ne pas rire puis demanda doucement.

— Vous seriez-vous disputés ?

— Pour tout t'avouer, en arrivant ici Malcolm avait découvert la vérité sur les mensonges qu'oncle Gerald et tante Agatha avaient propagés à mon sujet…

Rosalie grimaça.

— Voilà qui n'a pas dû le ravir…

— Non, c'est le moins qu'on puisse dire…

— Mais visiblement tu as su retourner la situation à ton avantage ?

— Oui et non, si on considère que j'ai dû finalement consentir à l'épouser.

Rosalie avança aussitôt vers elle en souriant.

— Pour ma part, je pense que ce mariage est une merveilleuse nouvelle.

Une lueur de doute traversa le regard de Morgana.

— Tu crois ?

— Oh que oui ! Crois-tu que nous n'avons pas remarqué à quel point tu es triste depuis que tu l'as quitté ? Tu ne bois plus, tu ne manges plus, tu ne t'intéresses même plus à tes travaux... Tu l'aimes, Morgana... Tu l'aimes passionnément, alors quoi de plus normal que de vous marier ?

— Je l'aime, oui, mais... que va-t-il se passer après ?

— Comment cela, « après » ?

— Eh bien pour nous, pour notre famille ?

— Lord Greenwald t'adore, tu pourras sûrement le convaincre de venir vivre ici.

Morgana eut un petit rire triste.

— J'en doute. Toutes ses affaires sont à Londres et n'oublie pas qu'il a son propre domaine à diriger.

Rosalie sentit sa gorge se serrer.

— Mais il ne peut te contraindre à nous abandonner ! Et je ne parle pas pour moi mais pour Mary et Daphné... Il ne peut exiger un tel sacrifice, Morgana, pourquoi ne lui en as-tu pas déjà parlé ?

— Mais je lui en ai déjà parlé. Il sait que j'ai des sœurs mais je ne suis pas certaine qu'il comprenne la teneur de mes responsabilités, déclara-t-elle en passant nerveusement sa main sur la magnifique robe blanche au décolleté finement perlé.

— Eh bien, te voilà dans de beaux draps !

— Évidemment, je suis certaine que Malcolm accepterait que vous veniez toutes les trois vivre avec nous mais...

— Mais que deviendrait alors oncle Gerald ? Et qui s'occuperait du domaine ? l'interrompit d'un ton angoissé Rosalie.

— Oncle Gerald je suppose, soupira Morgana.

— Tout seul ? Oh il ne le supportera jamais !

— Il n'y a pas que lui ! Et Mary et Daphné ? Comment puis-je leur expliquer qu'elles doivent quitter la demeure où elles sont si heureuses ?

— Elles sont jeunes, je suppose qu'elles s'y feront, rétorqua d'un ton peu convaincu Rosalie.

— Et toi, tu t'y feras ? fit Morgana en saisissant la main de sa cadette.

— Oh moi, si tu pars, je resterai avec notre oncle, bien entendu !

Morgana secoua la tête.

— Non, je ne peux te demander d'assumer cette responsabilité !

Rosalie fronça les sourcils.

— Morgana, tu n'as pas le choix, tu ne...

Mais elle ne put achever sa phrase. Sur le palier se tenait la plus jeune de ses sœurs, Mary. Des larmes coulaient sur ses joues rouges, ses yeux luisaient de rage et elle serrait ses petits poings si fort qu'aucune goutte de sang ne paraissait pouvoir y circuler.

— C'est vrai, Morgana ? Tu vas nous quitter pour cet homme et nous laisser ?! se mit-elle soudain à hurler.

— Mary ? Mais non ma chérie, je ne vais pas te laisser, je...

Mais la fillette ne lui laissa pas le temps de s'expliquer. Elle l'interrompit aussitôt en criant et en tapant du pied.

— Menteuse ! Menteuse ! Tu avais dit que tu ne partirais jamais. Que tu serais toujours là pour nous. Que tu nous aimais...

— Mais Mary, puisque je te dis que...

— Il est laid cet homme ! Je ne l'aime pas ! Je voudrais qu'il meure ! s'écria-t-elle en quittant la chambre de Morgana en courant.

— Mary, attends ! fit Morgana en se précipitant à sa poursuite mais sans parvenir à la rattraper pour autant. Oh je crois que je vais arracher la langue de Mme Wilks et la faire servir au souper ! gronda-t-elle en se tournant vers Rosalie qui courait juste derrière elle dans les escaliers.

— Et je ne pourrais pas t'en blâmer ! Mais où est-elle donc passée ? fit-elle en se figeant essoufflée sur le perron tandis que sa sœur balayait la cour extérieure du regard.

Le cœur de Morgana tambourinait dans sa poitrine, prêt à exploser. Bon sang mais où donc avait bien pu se réfugier la petite furie ? La peine qu'elle avait lue dans les yeux de sa jeune sœur lui avait pratiquement brisé le cœur, elle ne l'avait jamais vue se mettre dans un pareil état. Comment avait-elle pu songer une seule seconde que Morgana accepterait de vivre loin d'elle et de l'abandonner ?

— Va prévenir les domestiques, dis-leur de chercher Mary. Je vais aller voir dans les écuries.

Rapidement et sans se soucier de sa mise et de ses cheveux détachés, Morgana souleva sa longue robe et, le cœur battant, affolée, se mit à courir de plus en plus vite en entendant avec une brusque angoisse un bruit de sabots légers qui s'éloignaient rapidement de la propriété.

Chapitre 25

— Je ne vois rien à redire aux termes du contrat que vous me proposez, que Morgana conserve sa fortune et puisse librement en disposer ne pourra j'en suis sûr que la rassurer, déclara Malcolm en souriant au comte Charbrey.

— Fort bien, maintenant que ces points de détails sont réglés, il me semble préférable de vous préparer à la conversation que vous ne manquerez pas d'avoir avec ma nièce.

Malcolm haussa les sourcils.

— Me préparer ?

— Eh bien, vous avez entendu certaines choses sur Morgana, son goût pour l'agronomie ou son intérêt pour l'astronomie, cependant il faut que vous compreniez que ses centres d'intérêt ne se résument pas seulement à ça… et qu'elle se consacre corps et âme depuis toujours à de biens étranges inventions…

Il lui fit signe de le suivre puis le guida vers un bâtiment situé à quelques mètres du manoir.

— Entrez, ne restez pas sur le seuil, il nous faut plus de lumière…, dit le comte Charbrey tandis que Malcolm balayait la grande pièce blanche du regard.

Tous les murs étaient couverts d'étagères et d'outils à l'exception de celui où se trouvait une étrange cheminée.

En son centre trônait un gigantesque établi où étaient posés des récipients et des alambics de tailles différentes ainsi que quelques objets curieux que Malcolm n'avait jamais croisés ou vus auparavant.

— Quel est cet endroit ? Pourquoi m'avoir entraîné ici ?

— C'est l'atelier de Morgana, c'est ici qu'elle se livre à la chimie et à l'ingénierie, ici qu'elle conçoit des plans de machines improbables... Tenez, regardez, fit-il en lui indiquant un étrange casque relié par un tuyau de fer et un système de pompe... Ça, c'est l'une de ses expériences en cours... la machine à respirer sous l'eau... et ça, ajouta-il en lui montrant un papier posé sur l'une des tables, c'est un plan pour une machine qui fonctionne à la vapeur et au charbon...

Malcolm se sentit soudain un peu déstabilisé. Oh, il avait parfaitement compris après ce qu'avaient raconté la jeune serveuse de l'auberge ainsi que le paysan que Morgana s'y connaissait un peu en agronomie mais...

— Et tout ça, c'est Morgana qui l'a créé ?

Le comte hocha la tête.

— Ma nièce est une visionnaire, lord Greenwald, elle étudie depuis des années les travaux de Léonard de Vinci, correspond régulièrement avec des ingénieurs, des scientifiques...

Malcolm tressaillit.

— Il ne s'agit donc pas d'un simple passe-temps ?

— Oh non, non ! Cet endroit, c'est toute sa vie !

Malcolm encaissa la nouvelle avec stoïcisme. Il aimait Morgana, qu'elle soit obnubilée par les sciences et la technique n'y changeait rien. En réalité, il ressentait une admiration croissante pour elle.

— Pourquoi ne publie-t-elle pas ses travaux ?

— C'est une femme et les femmes qui se livrent à ce genre d'activité, et dont vous avez entendu prononcer le nom, ne sont tolérées que parce qu'elles sont sous la coupe d'un homme, d'un mari ou d'un frère bien plus célèbre qu'elles-mêmes, rétorqua le comte d'un ton légèrement amer.

— Mais...

— Enfin, lord Greenwald, soyez honnête, songez à sa réputation... Qu'auriez-vous pensé si on vous avait raconté qu'une jeune aristocrate s'adonnait à ce genre d'activités plutôt que de chercher à se marier et à fonder une famille ?

Malcolm sourit, un peu gêné.

— J'aurais pensé que son entourage avait perdu l'esprit.

Le comte Charbrey soupira.

— Oui, c'est une réaction logique en effet. Voyez-vous, nous avons tenu à conserver les secrets de ma nièce, non seulement pour ménager l'honneur de la famille et celui de ses sœurs, mais surtout pour la protéger, elle, des rumeurs, des malveillances, des humiliations que son choix de vie et sa différence auraient obligatoirement entraînées.

— C'est pour cette raison que vous avez choisi de la garder confinée à Charbrey ?

— C'est pour cette raison qu'*elle* a choisi de rester confinée à Charbrey, de ne pas faire son entrée dans le monde et de ne pas se marier, précisa le comte. Quel homme du monde accepterait d'avoir une femme qui préfère occuper son temps à la construction d'objets ou de machines au lieu de se consacrer aux tâches d'une parfaite maîtresse de maison ? Qui tolérerait de telles excentricités ?

Malcolm le fixa droit dans les yeux. Moi, songea-t-il, moi parce que je l'aime et qu'il n'y a rien qu'elle puisse dire ou faire qui puisse changer cet état de fait. Mais il se contenta de demander avec un sourire narquois :

— Que cherchez-vous à insinuer, comte ? Que ma femme sera incapable de remplir les devoirs que l'on attend d'une lady de son rang ?

Le comte Charbrey afficha un regard où étaient mêlés le sérieux et la compassion.

— Oh pas incapable, ça non, mais soyez assuré qu'elle ne s'y pliera pas de gaîté de cœur. Les mondanités l'ennuient, elle déteste Londres et, quoi qu'elle fasse, elle sera toujours fort différente de ses semblables.

— Lord Charbrey ! Lord Charbrey !

Une voix stridente hurlait dans la cour. Aussitôt le comte et Malcolm sortirent de la pièce en courant et croisèrent la gouvernante qui courait vers eux, totalement affolée.

— Que se passe-t-il ? Avez-vous donc perdu tout bon sens, madame Wilks ? demanda immédiatement lord Charbrey en fronçant les sourcils.

— Mais c'est mademoiselle Mary, Monsieur, elle s'est enfuie !

Malcolm intervint alors.

— Qu'est-ce qui vous permet de croire une chose pareille ?

— Elle était si furieuse, milord, quand elle a appris que miss Morgana allait se marier. Elle s'est précipitée dans sa chambre et...

Elle ravala un sanglot.

— Elle s'est mise à courir mais ni miss Morgana ni miss Rosalie ne sont parvenues à la retrouver.

Gerald Charbrey et Malcolm échangèrent un regard inquiet.

— Où cette enfant a-t-elle l'habitude de se réfugier lorsqu'elle se querelle avec ses sœurs ou lorsqu'elle est contrariée ? demanda Malcolm.

— Dans l'une des granges, monsieur le comte, avec son poney, mais il n'y est plus, elle l'a pris avec elle.

— C'est de la folie. Mais comment Mary a-t-elle appris la nouvelle ? gronda lord Charbrey.

Aussitôt, la gouvernante s'effondra en sanglots.

— C'est de ma faute, Monsieur, j'étais si heureuse pour miss Morgana que j'en ai parlé aux cuisines. Elle a dû m'entendre...

Le comte lui jeta un regard réprobateur qui la fit pleurer de plus belle puis demanda d'une voix sèche :

— Où sont mes nièces ? Sont-elles à sa recherche ?

Elle hocha la tête entre deux sanglots.

— Miss Morgana a demandé à ce qu'on attelle son cheval, elle doit être dans les écuries.

Malcolm se précipita aussitôt en courant vers le large bâtiment qui abritait les chevaux et y retrouva Morgana tenant la bride d'un superbe destrier noir, sa longue robe blanche relevée jusqu'aux genoux.

— Morgana, non ! Laisse-moi faire, je vais la retrouver.

Elle se tourna directement vers lui et secoua la tête puis posa son pied à l'étrier.

— C'est ma sœur. N'espère pas me décourager de partir à sa recherche, ce serait inutile, déclara-t-elle en se tenant bien droite sur sa selle, magnifique, ses longs cheveux bruns descendant en cascade sur son dos.

Il pouvait lire l'angoisse et la peur qui luisaient dans ses yeux.

— Alors laisse-moi au moins t'accompagner.

— Non. Tout ça arrive par notre faute, à tous les deux. Je préfère y aller seule.

— Morgana, dans l'état où tu es, ce serait pure folie, attends-moi ici, j'en ai pour une seconde.

Elle lui jeta un regard noir, puis ignorant son ordre donna un cou de talon sur le flan de l'animal qui partit presque immédiatement au galop.

Malcolm secoua la tête en maudissant sa nature entêtée et se précipita pour chercher sa monture.

Chapitre 26

— Milord ! Milord !

Malcolm se tourna brusquement en voyant courir derrière son cheval Mme Wilks alors qu'il se dirigeait sur le chemin qui menait hors de la propriété.

— Thomas, le garçon de ferme vient de croiser deux des métayers de la ferme de Galway dans leur charrette, ils affirment avoir croisé la jeune miss Mary sur la route des trois chênes à deux miles d'ici.

Malcolm se tourna vers Mme Wilks.

— Dans quelle direction ? Celle qu'a prise miss Morgana ?

— Non, milord, pas la direction du bourg, de l'autre côté vers la forêt, à gauche dès que vous sortez du domaine.

Malcolm réfléchit. Le temps de rattraper Morgana et de l'avertir, la petite risquait de se blesser ou de se perdre…

— Très bien. Prévenez le comte Charbrey que je suis parti du côté de la forêt et voyez s'il peut envoyer quelqu'un pour en informer lady Morgana.

— Oui, milord.

Malcolm partit au triple galop. Il suivit d'abord une route étroite qui longeait plusieurs champs, passa au large d'une ferme mais, au fur et à mesure qu'il galopait, aperçut trois miles plus loin un petit sentier filant vers la forêt et s'y engagea. Le bois paraissait plus vaste et plus profond qu'il ne s'était imaginé et plus il s'avançait, plus il angoissait à l'idée que la petite Mary puisse avoir quitté le sentier et ne se soit retrouvée seule, perdue au milieu des bois. Attentif au moindre bruit de branche, à la moindre trace de mouvement il avança encore au moins un mile ou deux puis se figea brusquement en entendant un hurlement de détresse.

— Au... au secours ! Aidez-moi !

Immédiatement, Malcolm cravacha son cheval et, pénétrant au cœur du sous-bois, tomba rapidement sur un plan d'eau dans lequel se débattait une ravissante fillette brune accrochée à un roseau tandis qu'un minuscule poney à la robe grise gisait non loin d'elle, allongé sur le sol.

— Mary ?

— Aidez-moi ! J'ai de la boue jusqu'aux genoux et je ne peux pas remonter, ça glisse trop.

Malcolm posa aussitôt pied à terre, puis secoua la tête en tirant sur le roseau pour la ramener au plus près de la terre. Quand elle fut assez près, il saisit les bras qu'elle lui tendait, la souleva hors de l'eau marécageuse et l'attira vers lui.

— Tout va bien, Mary ? entendit-elle dès qu'il l'eut posée à terre.

— Oui, merci beaucoup. Je...

Elle leva la tête puis, croisant son regard, s'éloigna tout à coup de lui brusquement.

— Je vous connais. Vous, vous êtes l'homme que j'ai vu entrer dans le bureau de mon oncle, celui qui veut épouser Morgana...

Malcolm sourit. Elle tenait à peine sur ses jambes, flageolait à moitié et pourtant elle tenait ses petits poings serrés contre elle, le menton levé.

— Je suis le comte Greenwald, septième du nom, mais tu peux m'appeler Malcolm.

— Non. Et de toute façon, je ne veux pas vous appeler du tout, fit-elle d'un ton entêté.

Quand elle lui tourna le dos, il se retint pour ne pas rire. Cette petite fille trempée jusqu'à l'os, claquant si fort des dents qu'il pouvait l'entendre à deux mètres, possédait visiblement, Dieu le préserve, le même tempérament fort et rebelle que sa sœur aînée. Voilà qui promettait.

— Comment se fait-il que tu sois tombée dans l'eau ? demanda-t-il en s'approchant du poney toujours étendu sur le sol.

— Il y avait une pierre, j'allais trop vite alors j'ai voulu sauter mais Lampin est tombé, expliqua-t-elle en reniflant.

Malcolm s'accroupit près de la bête puis, au bout de quelques secondes, exhala un long soupir.

— Je suis désolé mais sa patte est brisée...

— Oh non ! fit-elle en se précipitant aussitôt vers l'animal.

— Tu comprends ce que ça signifie ? demanda-t-il en lui lança un regard plein de tristesse et de compassion.

Elle s'allongea sur le flan du poney et se mit tout à coup à sangloter.

— Non ! Non ! Ne le touchez pas !

Il lui caressa les cheveux doucement.

— Nous ne pouvons pas le transporter et si nous le laissons ici, dans cet état, des animaux sauvages viendront bientôt le dévorer.

Elle releva la tête et le fusilla du regard.

— Je vous déteste ! Tout est votre faute !

— Ce n'était qu'un accident, tu n'en es pas responsable, pas plus que je ne le suis, fit-il d'un ton posé en plongeant son regard dans les yeux sombres de la fillette, qui se remit à pleurer de plus belle.

— Je ne veux pas, non !

— Alors, nous le laisserons ainsi, mais je suis profondément déçu, je te pensais une petite fille bien plus courageuse Mary.

Elle leva vers lui des yeux pleins de larmes.

— Je ne suis pas lâche.

— Si, tu l'es. Seul un lâche accepterait de laisser souffrir inutilement l'un de ses amis, déclara-t-il d'un ton plus dur.

Mary lui adressa tout d'abord un regard furibond puis s'accorda quelques secondes de réflexion. La raison lui soufflait que le comte avait raison, Lampin ne pourrait probablement plus jamais remarcher et était de toute façon condamné, mais son cœur se déchirait à cette pensée. Oh pourquoi s'était-elle donc enfuie… et cette pierre, que faisait-elle là ?

— Ça… ça lui fera mal ?

Malcolm secoua la tête.

— Non. Au contraire, il n'aura plus mal du tout.

— Alors… Alors allez-y… je ne…

Mais les mots s'étranglèrent dans sa gorge sans qu'elle puisse continuer.

Malcolm acquiesça puis il alla chercher dans l'une des sacoches de sa monture l'un des deux pistolets dont il ne se séparait jamais.

Quelques secondes plus tard, deux coups de feu éclataient dans le bruissement d'ailes des oiseaux affolés.

Pendant ce temps, à sept miles de là, Morgana se morigénait intérieurement. Comment avait-elle pu laisser la situation lui échapper à ce point ? Une tempête de souvenirs déferlait sur elle sans qu'elle puisse l'en empêcher. Mary qui apprenait à marcher, Mary qui se précipitait vers elle lorsqu'elle s'était égratignée les genoux, Mary qui se glissait dans son lit et se pelotonnait la nuit contre son dos… Mary insouciante, tendre et légère. La gorge nouée par l'appréhension, elle frappa de nouveau ses talons sur les flans de son destrier, baissa la tête et se mit à galoper comme si sa vie en dépendait.

— Allez, ne reste pas là, Mary, il est temps de rentrer et d'aller te sécher, fit Malcolm en enroulant sa veste autour des épaules de l'enfant et de l'installer sur son cheval.

— Morgana ne me pardonnera jamais, répondit-elle en reniflant, le regard fixé sur le cadavre du poney.

Malcolm lui sourit gentiment puis grimpa sur sa monture à son tour.

— Je suis certain qu'elle sera bien trop heureuse de te retrouver indemne pour te faire le moindre reproche, déclara-t-il d'un ton rassurant.

Elle leva la tête vers lui.

— Vous croyez ?

— J'en suis sûr.

Un silence pesant s'installa ensuite jusqu'à ce qu'ils quittent la forêt, puis Mary demanda d'une petite voix :

— Dites milord, est-ce que vous pensez qu'il existe un paradis pour les chevaux ?

— Bien entendu, répondit Malcolm en souriant.

— Le pasteur Boyd, lui, prétend que non. Que le paradis est seulement réservé aux humains.

— Qu'en sait-il ? Et pour quelle raison Dieu refuserait-il de donner asile à l'une de ses plus belles créations ?

Mary fronça son nez puis hocha doucement la tête.

— Vous avez raison, Dieu ne ferait jamais ça.

Malcolm esquissa un large sourire.

— Non, en effet.

Inconsciemment, la fillette se colla tout à coup contre lui.

— Milord, si vous vous mariez avec Morgana, vous promettez de la laisser venir nous voir très souvent ?

Il s'esclaffa.

— Je crois qu'une telle promesse ne sera pas nécessaire !

Il sentit la fillette sursauter légèrement sur la selle.

— Pourquoi ?

— Mary, te souviens-tu de ta maman ?

— De ma vraie maman vous voulez dire ?

Il acquiesça.

— Oui, de ta vraie maman.

Une lueur de tristesse traversa le regard de la petite.

— Non, j'étais trop petite quand elle est morte.

— Et c'est Morgana qui a pris sa place dans ton cœur, n'est-ce pas ?

— Oui…

— Et elle aussi t'aime profondément ?

— Elle le dit tout le temps !

Malcolm sourit intérieurement. S'il y avait bien une chose sur laquelle Morgana n'avait pas menti, c'était l'affection profonde et sincère qu'elle portait à ses sœurs et le lien qui les unissait.

— Alors comment peux-tu imaginer une seule seconde qu'elle puisse t'abandonner ?

— Vous n'allez pas l'emmener ? fit-elle d'une voix pleine d'espoir.

Malcolm esquissa un rictus. Emmener Morgana loin de Charbrey lui semblait désormais inconcevable. Il lui avait fallu un peu de temps mais plus il apprenait à connaître sa future femme, plus il réalisait qu'il lui faudrait renoncer à tous les plans qu'il avait élaborés à son sujet. Restait maintenant à déterminer les points sur lesquels il lui faudrait céder et ceux qu'il avait la ferme intention de lui imposer.

— Eh bien je ne sais pas encore où nous vivrons mais une chose est certaine, c'est que nous ne te laisserons pas.

— Vous voulez que je vienne vivre chez vous ? fit-elle, étonnée.

— Pourquoi pas si ton oncle est d'accord ? Je possède une très grande maison à Londres, de vastes domaines, je pourrais même t'acheter un nouveau poney si tu le souhaites...

Les yeux de la fillette s'écarquillèrent de plaisir.

— C'est vrai ? Alors vous êtes riche ?

Il hocha la tête.

— Oui, très...

— Nous aussi.

Il se mit à rire.

— C'est ce qu'on m'a dit en effet.

— Vous savez, quand vous serez marié avec Morgana, eh bien vous n'aurez plus rien à faire ! C'est elle qui s'occupe de tout à la maison. Même de l'argent et des affaires d'oncle Gerald. Vous serez bien content, vous verrez...

— Elle est très douée alors ?

— Oh oui ! Elle a même acheté, pour offrir en dot à Rosalie, la belle propriété de Blackfield Park juste à côté d'ici. Oncle Gerald dit qu'elle a tout payé avec les bénéfices qu'elle a faits l'an dernier. Elle compte très très vite. Dans la famille, tout le monde dit qu'elle est un vrai génie, fit-elle d'un ton rempli d'admiration.

— Merci du conseil, Mary, je saurai m'en souvenir...

Un vrai génie... oui... Morgana était pleine de surprises. Tout comme le reste de sa charmante tribu. Y compris la douce Rosalie qui, sous ses dehors doux et bien élevés, cachait lorsqu'on lisait son roman un esprit libre, vif et acéré.

— Ça vous ennuie si je vous pose une question ?

Il haussa les sourcils.

— Pourquoi cela m'ennuierait-il ?

— Oh, eh bien, Mme Wilks dit toujours que je devrais tourner plusieurs fois ma langue dans ma bouche avant de parler et que je ne devrais pas non plus interroger les adultes, que c'est très malpoli.

— Tu n'es pas de cet avis ?

— Non.

Il se retint de rire.

— Bien, alors quelle est ta question ?

— Est-ce que vous allez faire des bébés avec Morgana ?

— Oui, je l'espère.

— Mais si vous faites des bébés, vous allez tout de même nous garder Daphné et moi ? demanda-t-elle sans pouvoir cacher son anxiété.

Malcolm tira légèrement sur ses rênes pour arrêter son cheval puis tourna doucement le visage de la fillette vers lui afin de la contraindre à le regarder.

— Mary, ta sœur t'aime comme si tu étais sa fille, penses-tu qu'à chaque fois qu'une maman a un autre enfant, elle en aime moins le premier pour autant ?

La petite sembla réfléchir quelques instants puis fit non de la tête.

— Non.

— Alors pourquoi veux-tu que ce soit différent pour Morgana et toi ?

Elle sourit, visiblement rassurée.

— Vous croyez qu'elle me laissera m'occuper de votre bébé ?

— J'en suis sûr.

— Ah tant mieux, comme ça, je pourrai lui apprendre à trouver des vers de terre. Mme Wilks déteste ça mais c'est parce qu'elle est vieille, moi je suis certaine que le bébé va adorer. Et puis je lui donnerai aussi des bonbons et des beignets au sucre…

Cette fois Malcolm ne put s'empêcher de s'esclaffer.

— Des beignets au sucre, hein ? Ah Mary, je crois que nous allons fort bien nous entendre tous les deux…

Chapitre 27

Dès qu'ils pénétrèrent sur le domaine, une dizaine de domestiques s'affairèrent autour de Malcolm et de l'enfant. La plus pressante et la plus enragée était sans conteste Mme Wilks.

— Oh mademoiselle Mary, dans quel état vous êtes ? gémit-elle.

— Elle va bien, madame Wilks. Il y a eu plus de peur que de mal, la rassura aussitôt Malcolm tandis que Malcolm tenait la petite serrée contre lui et grimpait les escaliers du manoir.

— Un bon bain, oui, voilà ce qu'il lui faut, rétorqua simplement la gouvernante en faisant signe aux femmes de chambre de s'activer. Donnez-la-moi, monsieur le comte, je vais la porter.

— Non ! Je veux que ce soit lord Greenwald qui m'emmène dans ma chambre, protesta Mary en resserrant ses bras autour du cou de Malcolm, qui se sentit soudainement aux anges.

Saperlipopette, cette enfant était aussi chaleureuse et attachante que le reste de cette satanée famille, et s'il n'y prenait pas garde, il allait se faire mener par le bout du nez.

— Laissez, je m'en occupe, madame Wilks, déclara-t-il en pénétrant à l'intérieur de la maison.

Lord Charbrey accourut aussitôt vers eux la mine soulagée.

— Oh bon sang, Dieu merci vous l'avez retrouvée Greenwald ! déclara-t-il en jetant à Malcolm un regard reconnaissant.

— Oui, elle se promenait dans la forêt, répondit Malcolm.

L'enfant toujours lovée contre le torse de Malcom leva soudain vers son oncle un regard contrit.

— Je suis désolée, oncle Gerald…

— Ce n'est pas grave, mon enfant, ce n'est pas grave. L'important est que tu ne sois pas blessée, rétorqua le comte d'un ton bienveillant.

— Elle est trempée, monsieur le comte, il faut absolument qu'on la sèche avant qu'elle ne tombe malade, intervint soudain d'un ton péremptoire la gouvernante.

— Oui, oui, bien entendu, rétorqua lord Charbrey tandis que Malcolm, la fillette dans les bras, suivait déjà Mme Wilks dans les escaliers.

Un quart d'heure plus tard, Morgana, alertée par les garçons d'écurie que lord Charbrey lui avait envoyés, rentrait au domaine à son tour.

— Où est-elle ? s'écria-t-elle en apercevant Malcolm qui se tenait debout sur le perron.

— Mme Wilks s'occupe d'elle, elle va très bien, ne t'inquiète pas.

Toutefois, comme il le prévoyait, ses propos ne suffirent pas à la rassurer et elle se précipita à l'intérieur de la maison comme si la petite était encore en danger et non dans sa chambre en train de se faire tranquillement dorloter.

Une heure plus tard, elle le rejoignait dans le salon où il l'attendait patiemment après s'être changé.

— Oh Malcolm, j'ai eu si peur, fit-elle en se jetant dans ses bras.

— Je sais, répondit-il en lui caressant doucement les cheveux.

— S'il lui était arrivé quelque chose…

— Mais elle va très bien… Tu peux être rassurée.

Il parlait doucement, ce qui eut pour effet immédiat de la calmer.

— Tu comprends mieux maintenant les réticences que j'avais à m'engager ? J'ai des devoirs, Malcolm, des obligations et tu ne sais pas tout, je… fit-elle en levant les yeux vers lui.

— Je crois que mon bref séjour ici m'a fait clairement comprendre les difficultés qu'il y avait de conclure un tel mariage, l'interrompit-il brusquement.

Morgana sentit les battements de son cœur s'accélérer. Malcolm allait lui annoncer qu'il renonçait à l'épouser, elle en était persuadée. Mais loin de se sentir soulagée, elle se sentait si bouleversée à l'idée de le perdre que la tête lui tournait.

— Je… je vois, murmura-t-elle néanmoins la gorge serrée et le visage blême.

Elle déglutit, les yeux baissés afin qu'il ne puisse pas se douter de la douleur qu'une nouvelle séparation allait lui causer.

— Mary m'a parlé tout à l'heure d'une propriété que tu avais acquise non loin d'ici, afin de l'offrir en dot à ta sœur.

— Blaksfield Park, fit-elle machinalement d'une voix tremblante en reculant.

— Oui, c'est cela même. Accepterais-tu de me la revendre ?

Aussitôt, le cœur de Morgana fit un bond dans sa poitrine. Ainsi donc, il ne la quittait pas et comptait poursuivre leur relation mais en dehors des liens du mariage. Tout en reconnaissant que c'était la seule solution et qu'elle ne ferait jamais une épouse convenable, elle éprouva curieusement une étrange déception.

— Tu… Tu t'installerais ici ? Enfin… je veux dire, cela te permettrait de venir me voir très souvent en effet… Je vois que tu es enfin devenu raisonnable.

Malcolm lui jeta un regard surpris puis, comprenant qu'elle se méprenait sur ses intentions, se mit brusquement à rire.

— Oh non, Morgana, inutile d'y songer, tu n'échapperas pas à ce mariage. Je voulais simplement te faire comprendre que, si nous nous installons à Blackfield Park, tu pourras continuer à gérer le domaine de Charbrey et tes sœurs pourront voir leur oncle autant qu'elles le souhaitent.

Elle écarquilla les yeux, effarée.

— Tu… tu voudrais t'installer dans le Devonshire et que mes sœurs vivent avec nous ?

— Bien entendu, à condition bien sûr que ton oncle nous y autorise. Au vu de cette simple journée, l'idée même de vous séparer m'a semblé impossible et Charbrey est sous ta responsabilité.

— Mais… ton domaine et tes affaires à Londres ?

— Nous voyagerons souvent et Mary, Daphné et Rosalie pourront nous accompagner. Mon domaine dans le Derbyshire a un excellent régisseur et, tant que mon père est vivant, je n'aurai pas à retourner de sitôt en

Écosse. Évidemment, je ne te cache pas qu'ensuite, s'il décède, la situation risque de se compliquer, toutefois…

Elle ne le laissa pas terminer sa phrase et se jeta littéralement à son cou.

— Oh Malcolm, je n'en espérais pas tant, je… Si tu savais combien je te suis reconnaissante…

Il lui sourit d'un air taquin.

— Reconnaissante jusqu'à quel point ?

Son regard croisa celui de Malcolm et ses joues s'empourprèrent.

— Extrêmement reconnaissante, fit-elle en se hissant sur la pointe des pieds pour l'embrasser.

Aussitôt les lèvres de Malcolm emprisonnèrent les siennes dans un baiser affamé et impérieux qui la laissa tremblante et frustrée.

— Ce soir…, murmura-t-il en la fixant avec intensité.

Elle sourit.

— Oui, ce soir et tous ceux qui suivront…

— Hum… je crains d'avoir une très mauvaise influence sur toi, fit-il d'un air faussement contrit.

Elle haussa les épaules.

— Bah, je suppose que cela fait partie du fardeau que doit supporter une jeune fille qui a le malheur de s'éprendre d'un horrible dévoyé, fit-elle d'un ton taquin avant d'enrouler son bras autour de sa taille et de l'entraîner vers l'intérieur de la maison.

Épilogue

Trois semaines plus tard, la nouvelle du rétablissement et de la complète guérison de lady Morgana Charbrey alimentait les ragots de la bonne société londonienne. Lady Carrington disait à qui voulait l'entendre le plaisir qu'elle avait de savoir sa jeune nièce délivrée de son mal atroce et quand fut annoncé le mariage un mois plus tard du comte Greenwald et de lady Morgana, personne ne sembla guère s'en étonner. Bien au contraire. Capturer dans les filets du mariage le plus célèbre séducteur et le plus grand débauché du royaume était un tel exploit que tous semblaient s'en féliciter. Et le plus satisfait de tous était sans nul doute le duc de Langford, qui, loin de se désespérer de l'installation de son ami dans le Devonshire, passait son temps à rendre visite à la famille Charbrey, qui possédait décidément un charme auquel on pouvait difficilement résister.

— Tu crois qu'ils ont réalisé ? demanda Morgana en se blottissant contre son époux.

— Quoi ? Que tu es enceinte ? fit-il d'un ton espiègle en caressant doucement son ventre rond.

Elle posa doucement ses lèvres contre les siennes en souriant.

— Que tu es bête ! Non, Rosalie et lord Langford… Je crois qu'il se passe quelque chose entre eux.

Malcolm fronça les sourcils en prenant soudain un air sérieux.

— Morgana, tu connais John, il a beau être mon meilleur ami, si jamais ce vil séducteur s'approche de Rosalie, je vais devoir le tuer.

Depuis leur mariage, Malcolm avait spontanément endossé le rôle de chef de famille que le comte Charbrey n'avait été que trop heureux de lui déléguer. Les quatre jeunes femmes étaient dorénavant sous sa protection et il était aussi attaché aux sœurs de Morgana que s'il se fut agi des siennes.

Elle s'esclaffa.

— Cela te va bien de dire cela. Tu ne peux tout de même pas condamner ton ami pour une activité à laquelle tu aimais toi aussi t'adonner.

— Rosalie est une lady, je ne me suis jamais attaqué aux innocentes. Jamais, protesta-t-il d'un ton faussement indigné.

Elle haussa les sourcils.

— Et moi ? N'étais-je pas innocente lorsque tu es venu me rejoindre dans ma chambre la première fois ?

— Ce n'est pas du tout pareil, toi j'avais la ferme intention de t'épouser.

— Ah oui ? Et si j'avais persisté à refuser ?

— Impossible puisque tu m'aimais.

Elle leva les yeux au ciel.

— Oui, espèce d'arrogant personnage, mais je n'avais aucunement l'intention de me marier.

— Tu n'es qu'une créature sans moralité, lança-t-il d'un ton amusé en la soulevant délicatement dans ses bras.

— Puis-je savoir où tu m'emmènes ? demanda-t-elle en nouant aussitôt ses bras autour de son cou.

— Dans notre chambre, j'estime que tu mérites une autre fessée.

— Malcolm Greenwald, tu n'es qu'une sombre brute d'Écossais ! fit-elle avant de lui donner un baiser si passionné que le comte eut toutes les peines du monde à recouvrer ses esprits.

— Sorcière.

— Débauché.

Malcolm sourit puis la porta tendrement jusqu'à leur chambre, bien décidé à prouver à sa jeune et impertinente épouse à quel point certaines réputations sont de toute évidence parfaitement justifiées.

Composition
FACOMPO

Achevé d'imprimer en Espagne
par BLACKPRINT CPI
le 12 mars 2013.

Dépôt légal : mars 2013.
EAN 9782290069851
L21EDDN000473A002

ÉDITIONS J'AI LU
87, quai Panhard-et-Levassor, 75013 Paris

Diffusion France et étranger : Flammarion